Kerstin Gier, Jahrgang 1966, lebt mit ihrer Familie in einem Dorf in der Nähe von Bergisch Gladbach. Sie schreibt mit großem Erfolg Romane. Ihr Erstling MÄNNER UND ANDERE KATASTROPHEN wurde mit Heike Makatsch in der Hauptrolle verfilmt. EIN UNMORALISCHES SONDERANGEBOT wurde 2005 mit der »DeLiA« für den besten deutschsprachigen Liebesroman ausgezeichnet. FÜR JEDE LÖSUNG EIN PROBLEM wurde ein Bestseller und mit enthusiastischen Kritiken bedacht.
www.kerstingier.com

Von Kerstin Gier sind bei Bastei Lübbe lieferbar:

Männer und andere Katastrophen (auch bei Lübbe Audio)
Die Braut sagt leider nein (auch als E-Book)
Fisherman's Friend in meiner Koje
Die Laufmasche (auch als E-Book)
Ehebrecher und andere Unschuldslämmer
Lügen, die von Herzen kommen
(auch bei Lübbe Audio und als E-Book)
Ein unmoralisches Sonderangebot
(auch bei Lübbe Audio und als E-Book)
Die Mütter-Mafia (auch bei Lübbe Audio und als E-Book)
Die Patin (auch bei Lübbe Audio und als E-Book)
Für jede Lösung ein Problem
(auch bei Lübbe Audio und als E-Book)
Ach, wär ich nur zu Hause geblieben
(auch als Lübbe Audio und als E-Book)
Gegensätze ziehen sich aus
(auch bei Lübbe Audio und als E-Book)
In Wahrheit wird viel mehr gelogen
(auch bei Lübbe Audio und als E-Book)

Kerstin Gier

Die Braut sagt leider nein

Roman

BASTEI LÜBBE TASCHENBUCH
Band 16159

1.–2. Auflage: März 1997
3. Auflage: November 1997
4. Auflage: April 1999
5. Auflage: Januar 2002
6. Auflage: Dezember 2007
7. Auflage: April 2009
8. Auflage: Januar 2010
9. Auflage: Juli 2010
10. Auflage: März 2011

Vollständige Taschenbuchausgabe

Bastei Lübbe Taschenbuch
in der Bastei Lübbe GmbH & Co. KG

Originalausgabe

Umschlaggestaltung: Ulf Hennig/Nadine Littig
Titelillustration: © getty-images/Hugh Sitton
Satz: hanseatenSatz-bremen, Bremen
Druck und Verarbeitung: CPI – Ebner & Spiegel, Ulm
Printed in Germany
ISBN 978-3-404-16159-1

DIE MEISTEN HOCHZEITEN regen nicht zur Nachahmung an, sagt meine Freundin Hanna, und die meisten Ehen auch nicht.

Sie hat Recht, finde ich. Trotzdem gibt es auf fast jeder Hochzeit einen magischen Augenblick, in dem ich mir innig wünsche, auch eine Braut zu sein.

Für die Hochzeit von Julia mit Peter, einem Arbeitskollegen meines Freundes Alex, hatte ich mir einen teuren Hut gekauft. Er war aus cremefarbenem Panamastroh, hatte eine über der Stirn aufgebogene Krempe, und sein dunkelgrün-kariertes Band passte genau zu meinen Augen und dem Leinenkleid, das ich trug. Ich war sehr zufrieden mit meinem Aussehen, bis Julia die Kirche betrat. Ein Raunen ging durch die Gästeschar, als sie langsam zwischen den Bänken den Mittelgang entlangschritt.

Das Oberteil des schneeweißen Kleides schmiegte sich um ihre schmale Taille und ließ die zart gebräunten Schultern frei. Eine doppelreihige Perlenkette betonte ihren schlanken Hals, und der weite Rock schwang bei jedem Schritt sanft vor und zurück, lautlos wie eine Wolke.

Fotoapparate klickten, und mindestens zwei Verwandte ließen ihre Videokameras surren. Eigens zu diesem Zweck aufgebaute Leuchten tauchten die Kirche in gleißendes Licht, aber die Braut musste nicht mal blinzeln.

»Julia sieht so anders aus«, flüsterte Alex neben mir.

»Neun Wochen Diät, jeden Tag zwei Stunden Fitnessstudio und zweimal die Woche Solarium«, flüsterte ich zurück.

»Und wo kommen die Locken her?«, wollte Alex wissen. »Ist das eine Perücke?« Im wirklichen Leben hatte Julia nämlich brettglattes Haar, das sich so platt um ihren Kopf legte, dass man ihre Ohren sah. Heute war von den Ohren keine Spur zu sehen. Ein Kranz aus weißen und blauen Blüten schwebte auf wuscheligen, glänzenden Locken, und von Julias Schläfen herab kringelten sich goldene Strähnen wie feine Hobelspäne. Auch ihr Gesicht wirkte anders als sonst. Ihre Augen leuchteten veilchenblau, und der Teint schimmerte matt und rosig.

Julia blieb vor dem Altar stehen und sah mit einem glücklichen Lächeln zu Peter auf, der hier auf sie gewartet hatte. Ihr Rock schwang noch ein paar Mal sachte hin und her, bevor er zur Ruhe kam. Er bestand aus vierzehn Lagen feinstem Tüll, wie ich aus gut informierten Kreisen erfahren hatte, jede Lage vier Meter weit.

Ich fragte mich, wie ich wohl in solch einem Kleid aussehen würde. Natürlich nach neun Wochen Hunger-, Fitness- und Sonnenbankfolter. Ganz sicher hätte ich mir andere Farben für den Blütenkranz ausgesucht. Zu Julias blauen Augen und dem blonden Haar passten Weiß und Blau hervorragend, aber meine Haare sind dunkelbraun und glücklicherweise von Natur aus leicht gelockt. Meine Augen sind grün. Bei mir würde ein Kranz aus duftenden Orangenblüten gut aussehen, und dazu ein Kleid aus cremefarbener Wildseide, in dem ich den Gang zwischen den Kirchenbänken zum Altar hinaufschreiten würde.

Was für eine Vorstellung!

Aufgeregt griff ich nach Alex' Hand. Er drückte fest zurück. Vielleicht hatte er gerade das Gleiche gedacht wie ich?

Vorne beim Pastor angekommen, musste das Hochzeitspaar niederknien. Für den Bräutigam, der in seinem schlichten hellgrauen Anzug neben der Braut nicht weiter auffiel, war das kein Akt, aber Julia verhedderte sich hoffnungslos in ihren Tüllröcken. Die Brautmutter und die Trauzeugin mussten herbeispringen, um ihr behilflich zu sein. Trotzdem ging etwas schief, denn als Julia sich endlich auf die Knie niederließ, hörte man jenes stumpfe Geräusch, das Tüll macht, wenn er zerreißt.

Wieder ging ein Raunen durch die Kirche.

Alex stieß mich erneut in die Rippen und kicherte.

Mir tat Julia leid. Ich bin nur froh, dass Wildseide nicht so leicht reißt wie Tüll. Ich würde mit einer einzigen geschmeidigen Bewegung niederknien, und dabei würde sich mein Kleid wie eine schimmernde Aureole um mich legen. Ich würde aussehen wie eine von Christo verpackte Südseeinsel.

»Willst du, Julia, den hier anwesenden Peter zum Mann nehmen, ihn lieben und ehren, bis dass der Tod euch scheidet, so antworte mit Ja.«

»Ja, ich will«, sagte Julia leise und ohne auch nur den Bruchteil einer Sekunde zu zögern. Auch das Blitzlichtgewitter ringsum hatte sie nicht abgelenkt. Ihre Stimme klang zart und melodisch und ganz einfach reizend. Sicher hatte sie das zu Hause hundertmal geübt.

Dabei wäre diese Rolle durchaus noch ausbaufähig gewesen. Ein winziges Zögern vor dem Ja und ein Lächeln hinauf zum Bräutigam hätten der Sache noch ein bisschen mehr Würze gegeben.

Peter und Julia tauschten ihre Ringe. »Mit diesem Ring gelobe ich dir ewige Treue«, sagte Peter, und Julia gelobte das Gleiche.

»Was Gott zusammengefügt hat, soll der Mensch nicht trennen«, behauptete der Pastor ohne weitere Umschweife, die Orgel intonierte »Großer Gott, wir loben dich«, und die Gemeinde fiel zaghaft ein.

Ich suchte missgestimmt nach meinem Gesangbuch. Das war's doch nicht etwa schon? Kein »Sie dürfen die Braut jetzt küssen!«? Nicht mal »Wenn jemand gegen diese Verbindung Einspruch zu erheben hat, so tue er das jetzt unter den Augen Gottes oder schweige für immer«.

Enttäuschend.

Brautmutter und Trauzeugin halfen Julia wieder auf die Füße, und Peter geleitete sie durch den Mittelgang zum Portal.

»Das wäre geschafft«, seufzte Alex und stand ungeduldig auf. Er hatte Schwierigkeiten gehabt, seine langen Beine in der engen Bank unterzubringen. »Endlich.«

»Das ging alles so schnell«, maulte ich. »Also, ich an Julias Stelle würde mich beschweren.«

»Bloß nicht! Ich habe Hunger«, sagte Alex. »Hoffentlich gibt es bald was!«

Aber es dauerte eine ganze Weile, bis wir den Parkplatz der Kirche verlassen konnten, um zu dem Landgasthof zu fahren, in dem die Hochzeitsfeier stattfinden sollte. Alle wollten dem Brautpaar sofort ausführlich gratulieren – auch zu diesem herrlichen Spätsommerwetter, wie ich mehrfach vernahm – und der Braut Komplimente wegen des Kleides machen. Und dann mussten ja auch noch die Fotos geschossen werden.

Obwohl jeder zweite einen Fotoapparat um den Hals

trug, hatte man einen Fotografen engagiert, der sofort ganz professionell damit begann, die Hochzeitsgäste auf der Kirchentreppe um das Brautpaar herum zu postieren. Bis alle im Bild waren, vergingen fast zwanzig Minuten. Julias Tante Emmi wollte nämlich unbedingt in der ersten Reihe stehen, obschon sie hinter ihrem taillierten Blümchenzelt, Größe 50, die beiden Trauzeugen und eines der fotogenen kleinen Mädchen, die vorhin Blumen aus einem Spankörbchen gestreut hatten, völlig verdeckte. Als es dem Fotografen endlich mit Geduld und diplomatischem Geschick gelungen war, Tante Emmi auf einen Posten weiter außerhalb zu versetzen, die Mütter ihre Kinder wieder eingefangen hatten und alle erleichtert in die Kamera lächelten, schrie Julia plötzlich schrill auf. Dabei ruderte sie so heftig mit den Armen, dass das ganze Gruppenbild aus der Form geriet.

»Hilfe! Etwas ist unter meinem Rock!«, schrie sie mit überschnappender Stimme. »Etwas ist unter meinem Rock! Hilfe!«

Brautmutter, Trauzeugin und zwei andere hilfreiche Frauen stürzten herbei und vor Julia auf die Knie. Hastig rafften sie die Tüllröcke hoch.

»Eine Wespe«, schrie die Brautmutter, und ein Raunen ging durch die Gästeschar. »Ich höre sie summen. Halt ganz still, Kind!«

»Hilfe, eine Wespe«, kreischte Julia. »Ich will nicht, dass sie mich sticht! Macht sie tot! Macht sie tot!«

»Das haben wir gleich«, versprach die Trauzeugin in beruhigendem Tonfall, und sie und die anderen Frauen hoben nun Tülllage für Tülllage an und entblößten dabei mehr und mehr von Julias Beinen.

Der Bräutigam lockerte nervös seine Fliege, die Hochzeitsgäste verfolgten das Spektakel ebenfalls atemlos. Durch die letzten Tüllschleier hindurch sah man schon deutlich Julias halterlose Strümpfe und das Strumpfband, das ihr Glück bringen sollte. Plötzlich herrschte Mucksmäuschenstille auf der Kirchentreppe. »Da!«, schrie Julia. »Sie krabbelt auf meinem Bein herum! Sie soll mich nicht stechen! Hilfe! Macht sie doch endlich tot! Macht sie tot!«

Die Brautmutter lüftete den letzten Tüllrock, und alle Hälse ringsum reckten sich noch ein bisschen mehr. Vor allem die angeheirateten Onkel hatten auf einmal kein Doppelkinn mehr.

Alex stieß mich in die Rippen.

»Jetzt sollte der Fotograf mal Fotos machen«, flüsterte er grinsend. »Das wäre der Knüller für die Lokalpresse.«

Ich musste kichern.

»Da ist ja das Untier«, rief die Trauzeugin froh und meinte die völlig verstörte Wespe, die sogar nur eine Biene war und nun mit erleichtertem Brummen in den Septembernachmittag entwich.

Die Hochzeitsgäste klatschten ebenfalls erleichtert Beifall. Seufzend machte sich der Fotograf wieder ans Werk. Bis nun Julias Kleid in Ordnung gebracht war, ihre schreckensbleichen Wangen sich wieder zart gerötet hatten, alle zurück auf ihre Plätze dirigiert worden waren und die Kamera endlich losklickte, hatte auch ich Hunger bekommen.

Aber ich musste mich noch über anderthalb Stunden lang gedulden, denn die anwesenden Hobbyfotografen durften nun ebenfalls Gruppenbilder schießen, und anschließend führten Braut und Bräutigam die mit weißen Schleifchen an den Antennen gekennzeichnete Autokolonne mit ihrem blumengeschmückten Leih-Rolls-Royce konsequent mit Tempo 30 zu dem elf Kilometer entfernt liegenden Landgasthof. Bis dann alle vierundachtzig geladenen Gäste ihre Platzkärtchen an der riesigen, hufeisenförmigen Hochzeitstafel gefunden hatten, knurrte mein Magen wie ein gereizter Tiger.

»Ich bin schon ganz hohl«, jammerte Alex, und ich wusste genau, wie er sich fühlte.

Zunächst sah es so aus, als würde unserem Leiden bald ein Ende bereitet. An der Stirnseite des Saales war ein verlockend aussehendes Büfett aufgebaut. Hinter duftenden, dampfenden Behältern, in denen ich Unmengen von Kartoffelgratin und Engadiner Gulasch vermutete, standen bereits livrierte Kellner mit gezückten Kellen. Die Gäste scharrten ungeduldig mit den Füßen. Alles wartete nur noch auf den Startschuss.

»Erlösung naht, mein Retter lebt«, flüsterte Alex.

Aber jetzt war es erst mal Zeit für eine Rede des Brautvaters. Er klopfte, um Gehör bittend, an sein Glas und sprach dann eine geschlagene Viertelstunde über das Glück, das er an diesem heutigen Tage empfand. Das Publikum quittierte mit anerkennendem Raunen seine ganz nebenbei fallen gelassene Bemerkung über die Freude, mit der er die zigtausend Mark für die Hochzeitsfeier lockergemacht habe.

Das hätte er allerdings besser nicht erwähnt, denn nun konnte der Vater des Bräutigams mit seiner Rede unmöglich bis nach dem Hauptgang warten. Er klopfte also ebenfalls an sein Glas und hielt eine Rede, die der seines Vorredners in nichts nachstand. Besonders betonte er, mit welch großer Freude er dem jungen Brautpaar eine seiner Lebensversicherungen überschrieben habe, von der nun die gerade fertig gestellte Doppelhaushälfte der beiden finanziert würde.

Die Gäste klatschten begeistert Beifall. Erleichtert

wollte der Bräutigam nun das Zeichen zum Essenfassen geben, als eine rundliche Gestalt im weißen Nachthemd in die Mitte des Hufeisens trat. Sie trug einen Reif aus Alufolie über der Stirn und auf dem Rücken Pappflügelchen. In der Hand hielt sie einen mit Goldpapier ausgeschlagenen Marktkorb, randvoll mit kleineren Gegenständen.

Braut und Bräutigam tauschten einen besorgten Blick. Sie schienen die Dame im Nachthemd zu kennen. Ich musste zweimal hinsehen, bevor ich sie erkannte: Es war die Brautmutter.

Sie lächelte freundlich in die Runde und behauptete:

»Ich bin ein Engel, wie ihr seht,
und komme hoffentlich nicht zu spät!«

»Eher zu früh«, sagte ein hungriger Onkel vorwitzig, und alle lachten. Aber davon ließ sich der Brautmutterengel nicht beirren.

»Vom Himmel hoch, da komm ich her,
ich muss euch sagen, ich trage schwer.«

Dabei deutete sie auf ihren Marktkorb.

»Denn alle die Heiligen im Himmel oben,
die wollen das Brautpaar mit Geschenken loben.
Jeder dachte sich was Feines aus,
und dann schickten sie mich mit diesem Korb aus dem Himmelshaus.«

Sie hielt eine Tütensuppe in die Luft.

»Über dies feine Geschenk von der heiligen Jutta
geriet der ganze Himmel ins Schwärmen;
denn ob ihr es glaubt oder nicht, das Süppchen soll euch das Herze erwärmen.«

Die Zuschauer schwiegen verwirrt. Eine Heilige, die Tomatencremesuppe mit Croutons verschenkte? Hatte man so was schon mal gehört?

Der Himmelsbote im Nachthemd überreichte dem Brautpaar die Suppentüte und zog dann eine Klopapierrolle aus dem Korb.

»Dies wichtige und weiche Papier am Meter,
das gab mir der heilige Hans-Peter«,
rief sie, und da ertönte hier und da vereinzelt Gelächter. Sicher waren das diejenigen, die noch vor der Kirche warm zu Mittag gegessen hatten.

»Ich wusste gar nicht, dass es Heilige namens Jutta und Hans-Peter gibt«, raunte ich meiner Tischnachbarin, einer jungen Frau in meinem Alter, zu. Sie hatte sich zurückgelehnt und verfolgte das Tun des Engels mit bewölkter Miene.

»Nein, aber die Trauzeugin heißt Jutta«, antwortete sie. »Und Hans-Peter ist ein Cousin von Jutta. Der sitzt dort drüben.«

Ich ahnte Böses. Die Brautmutter hatte ihren himmlischen Reimen die Gästeliste zugrunde gelegt, und der Korb war noch bis oben hin voll!

»Macht die jetzt etwa alle vierundachtzig Gäste durch?«, flüsterte ich schwach.

Meine Tischnachbarin nickte grimmig. Die Brautmutter hielt derweil eine Orange in die Höhe.

»Und diese saftige Apfelsine,
die gab mir für euch die heilige Sabine«,
verkündete sie froh. Julia legte die Orange neben Klopapier und Tütensuppe auf ihren Teller und harrte ergeben der Dinge, die da noch kommen würden.

»Ein Königreich für diese Orange«, flüsterte Alex mir zu. »Meine Magenwände reiben sich schon gefährlich aneinander.«

Im gleichen Moment horchte er auf, denn soeben überreichte die Brautmutter eine Packung Heftpflaster im Auftrag des heiligen Alex, und sofort danach ein Tütchen Gummibären von der heiligen Elisabeth, die war so nett.

Elisabeth, das war ich. Elisabeth Jensen, achtundzwanzig Jahre alt und ledig. Unverheiratet, jawohl. Wenn man mal von der Sache mit dem wildseidenen Kleid, dem Orangenblütenkranz und den Einkommensteuern absah, gab es auch keinen Grund, an diesem Zustand etwas zu ändern. Nicht, wenn man dafür eine Feier wie diese in Kauf nehmen musste.

»Heiraten ist eine Strafe«, sagte meine Tischnachbarin, als habe sie meine Gedanken gelesen.

Ich nickte. Die Engelgeschichte hier war Alex' Mutter durchaus ebenfalls zuzutrauen. Ich konnte sie schon förmlich vor mir sehen, mit Nachthemd und einem Heiligenschein aus Alufolie in den blonden Strähnchen.

»Die Hochzeit ist sozusagen der Höhepunkt einer jeden Beziehung«, erklärte meine Nachbarin ernst. »Danach geht es nur noch abwärts.«

Ich nickte und warf einen Blick auf ihren Ehegatten, der einen Platz weiter saß, das Kinn auf die Brust gesenkt. Er hatte das einzig Richtige getan: Er war eingeschlafen.

»Nur noch abwärts«, wiederholte seine Frau.

Ich drehte mich zur anderen Seite.

»Hast du das gehört?«, fragte ich Alex.

Alex schüttelte den Kopf. »Ich möchte dich etwas Wichtiges fragen«, sagte er ernsthaft.

»Mich?«

»Ja.« Alex nickte. »Ich dachte, heute ist der passende Anlass für so eine Frage. Ich hätte es dich schon längst gefragt, aber ich hatte Angst, du sagst am Ende nein.«

Mein Herz begann auf einmal schneller zu schlagen,

und ich vergaß, was ich eben noch gedacht hatte. Stattdessen fragte ich mich, ob man so ohne weiteres Orangenblüten im Blumenladen bekam und wie es wohl aussähe, würde man kleine Früchte mit in dem Kranz verarbeiten.

»Ich möchte dich fragen, ob du – ob du dir vorstellen kannst –«, begann Alex stockend.

Ich lächelte ihn ermutigend an. »Ja?«

»Ob du dir vorstellen kannst, dein Leben mit mir –«, fuhr er fort. »Also, wir kennen uns jetzt drei Jahre. Ich finde, es wird Zeit, dass wir zusammenziehen.«

»Ja?«, flüsterte ich und wusste für ein paar Sekunden nicht, ob ich enttäuscht oder erleichtert sein sollte.

»Willst du?«, fragte Alex beinahe schüchtern.

Ich zögerte eine winzige Sekunde lang. Dann lächelte ich zu ihm auf und sagte, so melodisch ich konnte: »Ja, ich will.«

»Und die heilige Ulrike, ei der Daus,
die gab mir dies Taschentuch
für unsere Juliamaus«,
rief der Engel fröhlich. Der Marktkorb war fast leer. Aber immer noch lag dieser glückliche Schmelz über Julias Teint. Nichts konnte sie aus der Ruhe bringen – es war wirklich der glücklichste Tag in ihrem Leben. Der Engel überreichte ihr ein rosa Sparschwein vom heiligen Hein und gleich hinterher von der heiligen Ute mit den wilden Locken eine Packung Haferflocken. Damit war der Korb überraschend plötzlich leer, die Brautmutter verneigte sich lächelnd, und wir klatschten heftig Beifall, als wir begriffen, dass es jetzt endlich Essen geben würde.

Es wurde dann doch noch ein richtig netter Abend. Wir aßen und tranken gut, genügend Weißwein, um die

Reden von drei weiteren Verwandten sowie die Tanzmusik der Zweimannkapelle gelassen hinzunehmen. Alex und ich sprachen an diesem Tag nicht mehr über Heirat. Aber eins war klar: Wenn ich denn jemals doch heiraten sollte, dann dürfte es nur Alex sein, der mir den Ring anstecken würde. Alex oder keiner.

DER RADIOWECKER SCHALTETE sich Punkt drei Minuten nach sieben ein, und noch ehe ich richtig wach werden konnte, schob Alex mir stumm das Fieberthermometer in den Mund.

»Und nun die Wettervorhersage für heute, Dienstag, den vierzehnten November«, sagte der Nachrichtensprecher. »Ein Tief über Nordirland führt kalte Luft und dichte Bewölkung nach Deutschland. Im ganzen Land anhaltende Regenfälle, die ab vierhundert Meter in Schnee übergehen.«

Ich stöhnte mit geschlossenen Augen. Novemberregen und Dienstag, das waren gleich zwei Gründe, um im Bett zu bleiben.

Alex hatte die Nachttischlampe angeknipst und wartete auf den Piepton des Thermometers in meinem Mund. Seit ich die Pille nicht mehr nahm, musste ich immer morgens um die gleiche Zeit Temperatur messen. Er nahm die Sache mit der Verhütung ausgesprochen ernst und wusste mehr über weibliche Fruchtbarkeit als ich. *Doktor Rötzels natürliche Empfängnisplanung* hieß das Buch, das er gekauft und von der ersten bis zur letzten Seite gelesen hatte.

Sicher verhüten ohne Chemie lautete der Titel des Werkes, für das ich plädiert hatte, denn in Dr. Rötzels Buch ging es in erster Linie um Empfängnis und weniger um Verhütung. Aber Alex meinte, das mit der Empfängnis könnten wir noch früh genug gebrauchen.

Das Thermometer piepste.

Alex las die Temperatur ab, und erst dann gab er mir einen Guten-Morgen-Kuss.

»Guten Morgen, kleiner Knurrhahn«, sagte er. »Du bist siebenunddreißig Grad warm, genau vier Zehntel mehr als gestern.«

»Was bedeutet das?«, fragte ich fröstelnd.

»Dein Eisprung, Elisabeth«, antwortete Alex. »Das habe ich dir doch schon hundertmal erklärt.«

»Ach ja«, sagte ich. In keiner meiner früheren Beziehungen war das Thema Verhütung so wichtig gewesen wie in dieser. Dabei war Alex der erste Mann, von dem ein Kind zu bekommen eine richtig schöne Vorstellung war.

Außer dienstags. Dienstags betreute ich zwei Mutter-Kind-Kontaktkreise am Familienbildungswerk, für das ich als pädagogische Mitarbeiterin tätig war. Und jeden Dienstagabend war ich fest entschlossen, kinderlos zu bleiben.

»Ich würde gern im Bett bleiben«, sagte ich zu Alex. »Du nicht auch?«

Aber Alex war schon aufgesprungen. Für ihn war jeder Arbeitstag gleich. Schlechtgelaunt folgte ich ihm ins Badezimmer. Dort trug er meine Körpertemperatur in eine Tabelle ein, die an der Tür hing und Besuchern schon manches Rätsel aufgegeben hatte. In komplizierten Verschlüsselungen vermerkte er neben meiner Temperatur allerlei Vorkommnisse, deren Bedeutung auch ich nur teilweise kannte.

Es gab Zeichen für Sex ohne Geschlechtsverkehr, aber mit Samenerguss, für Geschlechtsverkehr mit Kondom und Samenerguss, für Geschlechtsverkehr ohne Kondom mit Samenerguss. Daneben gab es noch eine Reihe von anderen Symbolen, deren Bedeutung Alex mir nicht verraten wollte. Wenn ich ihn danach fragte, wurde er immer etwas verlegen. Ich vermutete, dass er Buch über die Anzahl meiner Orgasmen führte, um statistisch auszuwerten, inwieweit sie in Zusammenhang mit den anderen Zeichen zu bringen waren. Ich hoffte, dass er dem Geheimnis bald auf die Spur kommen würde.

»Ich friere«, sagte ich.

Alex nahm mich in seine Arme. Sein ganzer Körper war warm wie ein ofenfrisches Brötchen. Das einzig Kühle an ihm war der Rasierschaum im Gesicht.

»Warum frierst du nie?«, fragte ich.

»Weil ich nicht frieren will«, erklärte Alex. »Das ist alles eine Frage der Einstellung. Wenn man nicht frieren will, dann tut man es auch nicht.«

»Ich friere, weil heute Dienstag ist«, sagte ich.

»Ach ja, deine Mütterkurse sind heute«, erinnerte sich Alex und drückte mich noch enger an sich. »Du Ärmste. Aber mein Tag ist auch nicht aus Pappe.«

Die Mütter des ersten Mutter-Kind-Kontaktkreises mochten mich nicht. Ganz gleich, was ich mir ausdachte, sie fanden es immer blöd. Heute machten wir einen Handabdruck der Babys in Ton. Blöd.

Anschließend setzten wir uns im Kreis auf den Boden und sangen Kinderlieder.

»Kennt ihr das Aramsamsam-Lied?«, fragte eine Mutter schließlich. Sie hielt einen Still-Kursus in unserem Haus ab, immer donnerstags, wenn ich Spätdienst hatte.

Maike Schlöndorf, Lactationsberaterin, stand in unserem Programmheft, und niemand außer Maike wusste, was das war.

Auch das Aramsamsam-Lied kannte keiner.

»Du auch nicht?«, wollte Maike von mir wissen.

Ich schüttelte bedauernd den Kopf. Maike machte ein Gesicht, als könne sie eine solche Bildungslücke bei einer Kontaktkreis-Gruppenleiterin nur schwer verstehen, aber sie erklärte sich schließlich doch bereit, uns das Aramsamsam-Lied zu lehren. Das ging so:

»Aramsamsam, aramsamsam,
gulligulligulligulli ramsamsam,
arabi, arabi,
gulligulligulligulligulli ramsamsam.«

Das war aber noch nicht alles. Zu aramsamsam musste man sich mit den Handflächen auf die Schenkel schlagen, bei gulligulligulli mit den Fäusten auf die Brust trommeln und bei arabi eine Verneigung gen Mekka vollziehen.

Den Müttern machte das offensichtlich großen Spaß. Die Kinder schauten uns eine Weile mit erstaunten Augen zu, beschlossen dann aber jedes für sich, lieber etwas anderes zu spielen. Ich ließ eine Viertelstunde verstreichen, in der sie durch den Spieltunnel krabbelten, an Bauklötzchen herumnagten und mit Bananen gefüttert wurden.

Die letzten zwanzig Minuten wollte ich für unser wöchentliches »Blitzlicht« nutzen, bei dem alle Mütter reihum von den Erlebnissen der vergangenen Woche berichten sollten. In der ersten Gruppe waren diese Erlebnisse immer wunderschön.

»Die Marie-Antoinette hat zwei neue Zähne bekommen«, erzählte die erste Mutter. »Aber sie war dabei so goldig und lieb, dass mein Mann sie nur noch sein Engelchen nennt.«

Alle Mütter freuten sich.

»Roger isst schon alleine mit dem Löffel«, wusste die zweite Mutter zu berichten.

Das fanden alle ganz toll.

»Mein Sohn bringt meinem Mann morgens immer die Aktentasche«, erzählte die Dritte. »Ich glaube, mein Sohn kann schon die Uhr lesen.«

Darüber lachten alle Mütter herzlich.

»Unsere Woche war auch ganz superschön. Aber Juan-Carlos will seit zwei Tagen abends nicht in sein Bett«, berichtete die fünfte Mutter bekümmert, als sie an der Reihe war.

Da beugten sich alle voller Anteilnahme nach vorne.

»Schlafen kann man lernen«, rief Maike. »Hast du denn das Buch nicht?«

Mutter Nummer fünf schüttelte den Kopf. »Was für ein Buch? Bis jetzt habe ich nie eins gebraucht. Juan-Carlos hat ja immer durchgeschlafen!«

»Oje! Das Buch heißt *Schlafen kann man lernen*. Ich bringe es dir gleich morgen vorbei«, sagte Maike hilfsbereit. »Annabell braucht es im Moment nicht.«

»Schlafen kann man lernen?«, fragte ich neugierig. »Funktioniert das tatsächlich?«

Mir antwortete Maike nur ungern.

»Natürlich«, sagte sie, »aber warum interessierst du dich dafür? Du hast doch kein Kind.« Nein, aber einen Freund, der immer dann hellwach war, wenn ich schlafen wollte.

»Wie funktioniert es?«, fragte ich gelassen. Die Angriffe gegen meine Kinderlosigkeit kamen regelmäßig, aber inzwischen hatte ich sie zu ignorieren gelernt.

»Das steht alles im Buch«, antwortete Maike knapp.

Ich ärgerte mich nicht weiter. »Wer ist als nächstes an der Reihe?«

»Ich«, sagte die sechste Mutter, Gabriele. »Herr Pergerhof und ich, wir hatten auch eine ganz tolle Woche.« Herr Pergerhof war nicht etwa Gabrieles Gatte, sondern Jonas, das Baby. Die Mütter sprachen ihre Kinder der Vollständigkeit halber gerne mit den klangvollen Nachnamen an. Dabei verfielen sie nicht selten in die Höflichkeitsform. »Juan-Carlos Schmidt, würden Sie so gut sein und die Socken anlassen? Hier gibt es keine Fußbodenheizung wie bei uns zu Hause!«

Auch daran hatte ich mich längst gewöhnt. Ich lächelte milde.

»Aber wo ich schon mal an der Reihe bin«, fuhr Gabriele fort, »möchte ich auch gleich in unser aller Namen etwas loswerden.«

Mir war, als würden die Mütter ein wenig enger zusammenrücken.

»Bitte«, sagte ich.

Gabriele fixierte mich ernst durch die Gläser ihrer Brille. »Wir finden es nicht gut, wie du mit unseren Kindern umgehst.«

»Ich?«, fragte ich überrascht.

Die Mütter nickten mit dem Kopf. Besonders Maike. Sie sagte: »Du nimmst unsere Kinder nicht ernst, Elisabeth. Das stört uns.«

»Wie meinst du das?«, fragte ich.

Maike seufzte tief. »Du begibst dich ständig auf ein Niveau hinab, das du unseren Kindern einfach unterstellst, weil du selber kein Kind hast. Wir möchten aber, dass du die Kinder so ernst nimmst, wie wir das auch tun. Verstehst du?«

»Nein«, sagte ich ehrlich. »Wie sieht das denn konkret aus, wenn ich die Kinder nicht ernst nehme?«

»Ach Gott«, sagte Maike. »Das kann man jemandem, der selber nicht Mutter ist, schwer mit Worten erklären. Aber es ist die Art, wie du mit den Kindern sprichst und wie du sie anlächelst, das ist einfach so – so – na ja, eben so, als würdest du unsere Kinder ständig unterschätzen. Im Grunde hemmst du damit ihre persönliche Weiterentwicklung.«

Wieder nickten die anderen vernehmlich. Ich schwieg betroffen. War es am Ende möglich, dass ich mit den Kindern in einer Babysprache kommunizierte, ohne mir darüber bewusst zu sein?

Hastig überprüfte ich in Gedanken mein Verhalten gegenüber den Kindern während der letzten halben Stunde. Tatsächlich hatte ich eben erst meinen Kopf in den Krabbeltunnel gesteckt und zu Annabell auf der anderen Seite »Kuckuck« gesagt.

War das niveaulos? Hatte ich dem Kind damit gezeigt, dass ich es nicht ernst nahm? Hatte ich es mit dem Wort »Kuckuck« unterfordert und damit seine persönliche Entwicklung gehemmt?

»Wir möchten, dass du die Kinder genauso ernst nimmst, wie wir das tun«, wiederholte Maike. »Wir sprechen doch auch ganz normal mit den Kindern.«

»Was normal ist, ist doch wohl eher subjektiv«, widersprach ich gereizt. Ich persönlich fand es nicht normal, Babys mit »Herr« und »Frau« anzureden. Und wie – bitte! – passte das mit »gulligulligulligulligulli ramsamsam« zusammen?

»Lass dir das einfach mal von gestandenen Müttern

gesagt sein«, schloss Maike herablassend, und die gestandenen Mütter ringsum nickten alle wieder mit dem Kopf.

Was bedeutete überhaupt »gestanden«? Dass man mindestens ein Kind mit mindestens zwei Vornamen und einen Taillenumfang von mindestens hundertundfünf Zentimetern aufweisen konnte? Jedenfalls war ich dieser Argumentation gegenüber machtlos. Ich sah auf die Uhr.

»Es ist Zeit für unser Schlusslied«, sagte ich unfreundlich und klatschte in die Hände. »Und dann bitte ich darum, dass ihr diesmal die Bananenschalen in den Abfalleimer entsorgt und nicht wieder einfach auf der Fensterbank liegen lasst.«

»Ich hasse meinen Job«, sagte ich zu meiner Kollegin und besten Freundin Hanna, als ich den Kassettenrecorder für die zweite Gruppe aus unserem gemeinsamen Büro holte. Das musste sie sich jeden Dienstag anhören.

»Wenn ich dich nicht hätte, wüsste ich nicht, welchen Tag wir haben«, entgegnete Hanna. Die Glückliche organisierte den Bereich »Gesundheit und Kreatives«, und darum beneidete ich sie heftig. Ganz besonders dienstags.

»War's wieder sehr schlimm?«

»Ja«, sagte ich heftig.

»Ich glaube, Heiko betrügt mich«, sagte Hanna, ohne darauf einzugehen.

Ich nahm ihre Bemerkung nicht weiter ernst. Hanna war seit neun Jahren mit Heiko befreundet, und fast genauso lange äußerte sie etwa einmal im Jahr die Vermutung, er sei ihr untreu.

»Wer ist es denn diesmal?«, fragte ich, denn Hanna

hatte immer einen konkreten, leider nie bestätigten Verdacht. Einmal war es angeblich seine Sekretärin, das andere Mal die Desinfiziererin aus dem Sonnenstudio.

Diesmal zuckte sie die Schultern.

»Ich weiß es nicht«, sagte sie. »Ich spüre nur, dass da eine andere ist.«

»Ich denke, er hat dich erst letzte Woche gefragt, wann ihr endlich zusammenziehen werdet«, erinnerte ich sie. »Da wird er dich doch heute unmöglich schon betrügen.«

»Das eine hat mit dem anderen nichts zu tun«, meinte Hanna. »Er will nur zusammenziehen, weil er die ewige Fahrerei am Wochenende leid ist und hofft, dass ich seinen Haushalt finanzieren werde.«

Heiko arbeitete seit einem halben Jahr in einem Krankenhaus unten in Ludwigshafen, und Hanna war nicht bereit gewesen, ihren Job in Köln aufzugeben, um ihm zu folgen. Deshalb führten die beiden jetzt eine Wochenendbeziehung. Bei Alex und mir war so etwas unvorstellbar. Ich wäre ihm überallhin gefolgt.

»Er hat eine andere«, wiederholte Hanna.

»Morgen ist dein freier Tag«, sagte ich. »Warum fährst du nicht einfach nach Ludwigshafen und überraschst ihn?«

Hanna schnaubte. »Ich bin doch nicht blöd! Mittwoch ist der einzige Tag, an dem ich ausschlafen und alle die Dinge erledigen kann, die die ganze Woche über liegen bleiben. Ich weiß auch so, dass er mich betrügt.«

»Also, wenn du das wirklich weißt, verstehe ich nicht, warum du überhaupt noch mit ihm zusammen bist«, sagte ich. »Wenn Alex mich betröge, dann wollte ich ihn nicht mehr haben.«

»Wir sprechen uns in ein paar Jahren wieder, Elisabeth«, sagte Hanna, so als wäre Fremdgehen früher oder später in jeder Beziehung ein Thema.

»Du bist völlig auf dem Holzweg«, erklärte ich. »Alex und ich, wir würden einander niemals betrügen.«

»Weißt du das so sicher?«

»Ja«, sagte ich. So sicher wie das Amen in der Kirche.

Hanna schwieg. Aber selbst ihr Schweigen hatte etwas Besserwisserisches.

»Woran merkst du denn, dass Heiko dich betrügt?«, fragte ich.

»Als ich neulich spätabends angerufen habe, da war er nicht allein«, erzählte Hanna bereitwillig. »Das habe ich an seiner Stimme gemerkt. Und dann hat er auch niemals meinen Namen genannt. Überhaupt, wer zugehört hat, hätte denken können, er telefoniert mit seiner Mutter. Elisabeth, ich sage dir, da stimmt was nicht.«

»Und warum sprichst du ihn nicht einfach darauf an?«

Hanna lachte höhnisch. »Weil er mir ja doch nicht die Wahrheit sagt, deshalb. Er lügt wie gedruckt.«

Jetzt tat sie mir Leid.

»Du hast dir eben einfach den falschen Mann ausgesucht«, meinte ich.

»Was das angeht, sind alle Männer Arschlöcher«, erwiderte Hanna prompt. »Es gibt überhaupt nur zwei Sorten von Männern. Die Trottel und die Arschlöcher. Und da sind mir die Arschlöcher immer noch lieber als die Trottel. Arschlöcher betrügen ihre Frauen, aber Trottel sind zu blöde dazu oder zu feige oder zu hässlich.«

»Warum sollten alle Männer ihre Frauen betrügen wollen?«

»Weil Männer immerzu Sex brauchen und Frauen nicht. Wehe, du hast mal keine Lust – schon schaut er sich nach einer anderen um.«

»Eine Beziehung besteht doch nicht nur aus Sex«, rief ich. »Alex und ich zum Beispiel, wir verstehen uns auf einer ganz anderen Ebene.«

»Ach ja, auf welcher denn, Miss *Reizwäsche?*«

Hanna gehörte zu den Menschen, die Reizwäsche für frauenfeindlich und alles für Reizwäsche halten, was nicht aus weißem Frottee ist. Ich hatte kein einziges Teil aus weißem Frottee, das wusste und beanstandete sie.

»Was kann ich dafür, dass ich immer dann Lust habe, wenn er auch Lust hat?«, fragte ich.

Hanna schlug mit der Faust auf den Schreibtisch. »Das wird der Grund dafür sein, dass er sein richtiges Gesicht bisher vor dir verbergen konnte. Du kannst nur hoffen, dass deine Hormone weiterhin so wunderbar auf seine abgestimmt sind. Wenn du irgendwann mal keine Lust haben solltest, ich meine, das ist ja immerhin *möglich,* mach dich auf etwas gefasst.«

Ich seufzte. Hanna war wirklich ungerecht. Nur weil ihr Typ ein Lügner war, hieß das ja nicht, dass gleich alle Männer Lügner waren. Zum Beispiel Alex. Der war weder Arschloch noch Trottel.

Das sagte ich auch zu Hanna.

»Vielleicht ist Alex ja die große Ausnahme«, fügte ich noch hinzu.

»Es gibt keine Ausnahme«, beharrte Hanna stur. »Warte es nur ab.«

Die Mütter der zweiten Gruppe mochten mich, und ich mochte sie. Ihre Kinder waren ein Jahr älter als die aus der ersten Gruppe, und kein einziges von ihnen hatte einen Doppelnamen.

Heute standen Bewegungsspiele in der Turnhalle auf

dem Plan. Dort war ein riesiges Trampolin aufgebaut, auf dem die meisten Kinder auch sofort begeistert herumtobten. Die etwas zögerlichen wurden durch schmissige Flötenmusik aus dem Kassettenrecorder ebenfalls schnell dazu animiert. Wir hatten den Boden ringsum mit dicken Matten abgedeckt und konnten uns getrost auf den Boden setzen, eine Tasse Kaffee trinken und die Erlebnisse der letzten Woche durchkauen. Bei der zweiten Gruppe gab es auch mal weniger Schönes zu berichten.

»Diese Woche war bei uns total beschissen«, erklärte Sabine. »Der Robin hat jede Nacht bei uns im Bett geschlafen. Und mein Mann im Wohnzimmer auf der Couch. Er sagt, wir hätten überhaupt kein Eheleben mehr.«

»Da wird er sich schon dran gewöhnen«, meinte Sonja heiter. »Die Lena schläft bei uns im Bett, seit sie krabbeln kann. Und die Anna auch. Da ist eben nichts mehr mit Eheleben.«

»Aber ich will mich nicht daran gewöhnen«, jammerte Sabine. Sie zerkrümelte zerstreut einen fettigen Keks in Tierform, direkt unter dem Schild *Wir bitten Sie, in der Turnhalle nicht zu essen.* Ich hatte das Schild eigenhändig geschrieben und aufgehängt, wollte aber eigentlich anonym bleiben. Deshalb sagte ich nichts.

»Ich will wenigstens nachts Ruhe vor meinem Kind haben. Bin ich deshalb schon eine Rabenmutter?«

Alle Mütter schüttelten einhellig den Kopf. Ich auch. Wenigstens nachts müsste einen so ein Kind wirklich mal in Ruhe lassen.

»Und wenn du ihn einfach wieder in sein Bettchen legst?«, fragte ich. »In der ersten Gruppe, da schlafen alle Kinder durch. Und alle in ihrem eigenen Bettchen. Die haben sich ein Buch gekauft, das heißt: Schlafen –«

»– kann man lernen«, ergänzten die Mütter im Chor und brachen in höhnisches Gelächter aus. »Das haben wir auch, das Buch. Reine Geldmacherei.«

»Jeder, der sagt, sein Kind schläft jede Nacht im Kinderbett, der lügt«, behauptete Astrid.

Es erfüllte mich mit einer gewissen Genugtuung, die Mütter der ersten Gruppe als Lügnerinnen entlarvt zu sehen.

»Wenn ich das alles vorher gewusst hätte«, erklärte Karin, »hätte ich kein Kind bekommen.«

»Ich auch nicht«, sagte Sabine.

So gesehen war ich ja im Vorteil. Ich wusste es vorher. Noch war es nicht zu spät. Alex und ich würden auch ohne Kind glücklich bleiben.

»Überleg es dir gut, Elisabeth«, meinte Sabine schwesterlich.

Das versprach ich. Wir plauderten entspannt, während die Kinder vergnügt quietschend auf dem Trampolin herumkullerten. Die perfekte Harmonie. Schließlich sah ich auf die Uhr. Noch fünfzehn Minuten. Widerwillig besann ich mich auf meine pädagogischen Aufgaben.

»Wir singen jetzt noch ein bisschen zusammen mit den Kindern«, sagte ich brutal.

Die Mütter taten so, als hätten sie mich nicht gehört und klammerten sich an ihren Kaffeetassen fest. Sie mochten die Singerei nicht besonders. Aber dies war ein Eltern-Kind-Kontaktkreis, und das pädagogische Konzept des Hauses schrieb Sing- und Kreisspiele zwingend vor. Ich beschloss, mit gutem Beispiel voranzugehen, und bildete einen Kreis für mich ganz allein.

»Eins, zwei, drei im Sauseschritt«, sang ich dazu mit glockenheller Stimme, »gehen alle Kinder mit.«

Die Kinder unterbrachen ihr Trampolingehopse und eilten herbei. Sie mochten das Spiel. Da erbarmten sich auch die Mütter und stellten ihre Kaffeetassen zur Seite. Nur Sabine blieb sitzen.

»Kein Eheleben mehr«, murmelte sie. »Wenn du wüsstest, was das bedeutet.«

Ich nahm immer den gleichen Weg nach Hause. Er war objektiv etwas über zwölf Kilometer länger und hatte mehr Ampeln aufzuweisen, aber in jahrelanger Tüftelei hatte ich die Strecke ausgesucht, die nur Vorteile und – außer der längeren Fahrzeit – keinerlei Nachteile aufzuweisen hatte. Man musste nicht ein einziges Mal an einer unbeampelten großen Kreuzung links abbiegen, man kam auch nicht in die Verlegenheit, sich im Feierabendverkehr verzweifelt blinkend zwischen großen LKWs einzuordnen, immer auf die Gnade der anderen Autofahrer angewiesen. Es lag ein großer Supermarkt auf der rechten Fahrbahnseite, auf dessen weitläufigem Parkplatz immer eine Lücke frei war, in die man vorwärts einparken konnte. Hier waren auch die Einkaufswagen noch nicht aneinander gekettet, sodass man nicht verzweifelt nach einem Markstück suchen musste, das sich wieder mal garantiert in der falschen Manteltasche befand. Die Strecke führte weiter durch ruhige, breite Nebenstraßen, vorbei am Nordfriedhof und dem Schild: »ACHTUNG! TRAUERGEMEINDEN KREUZEN DIE FAHRBAHN«, und vorbei an einer Großgärtnerei, die kleine Buchsbäume für sage und schreibe drei Mark achtundneunzig anbot, von denen ich immer welche kaufte, wenn ich gerade drei Mark achtundneunzig entbehren konnte, um sie in Terrakottatöpfen auf unserer

Terrasse zu Kugeln und Kegeln zu züchten, und schließlich vorbei an meiner alten Wohnung. Ich warf jedes Mal einen wehmütigen Blick hinauf zu den abscheulichen Kaffeehausgardinen, die mein ehemaliges Küchenfenster verunzierten, und rechnete nach, wie lange ich dort schon nicht mehr wohnte.

Heute waren es genau vierundvierzig Tage.

Seit vierundvierzig Tagen wohnte ich jetzt bei Alex. Vorher hatten wir fast drei Jahre lang neunzehn Kilometer voneinander entfernt in zwei verschiedenen Wohnungen gelebt.

Aber Alex und ich waren dazu bestimmt, das ganze Leben miteinander zu verbringen. Alex war Architekt und träumte davon, in seinem eigenen, selbst entworfenen und wenn möglich preisgekrönten Haus zu wohnen. Wie es die Fügung des Schicksals wollte, hatte ich ein riesiges Baugrundstück geerbt, etwas abgelegen zwar, in einem kleinen Dorf auf dem Land, in dem es außer einer Straßenlaterne und einem Briefkasten keinerlei Infrastruktur gab, dafür aber eine bezaubernde Fernsicht und eine Schafweide nebenan. Als Alex von meinem Grundstück erfahren hatte, war er mehrere Stunden lang zu keinem anderen Satz als »Ich fass' es einfach nicht, zweitausend Quadratmeter, ich fass' es einfach nicht!« fähig gewesen. Viel später, nach dem großen Knall, sagte Hanna dann, er habe sich nur dieses Grundstücks wegen in mich verliebt, nicht mal aus Berechnung, sondern auf die gleiche Art und Weise, nach der sich zwanzigjährige Models in scheintote Millionäre verliebten – sie glaubten selber an die große Liebe für einen faltigen alten Sack.

Ich fand diesen Vergleich unverschämt, Alex war kein zwanzigjähriges Model und ich kein faltiger alter Sack.

Ich glaubte, dass wir vom Schicksal zusammengeführt worden waren, ich als Grundstücksbesitzerin und Alex als Architekt.

Er und ich wollten zusammen alt werden. In einem Traumhaus auf zweitausend Quadratmeter Grund mit Fernsicht. Weil Bauen nun mal eine kostspielige Angelegenheit ist, entschieden wir uns, zusammen in Alex' kleine und bedeutend billigere Wohnung zu ziehen. Neben Badezimmer und einem Miniaturflur bestand unser Domizil aus nur einem einzigen Zimmer, in dem wir schlafen, essen und kochen mussten. Dafür lag die Wohnung aber bedeutend schöner als meine alte. Von der Wohn-Schlaf-Küche konnte man direkt in den verwilderten Garten und auf eine große Terrasse treten, und was noch besser war: Auch das schöne, gepflegte Schwimmbad des Vermieters durften wir mitbenutzen.

Freunde und Bekannte hatten uns davor gewarnt, das Zusammenleben auf so engem Raum zu erproben.

»Das geht niemals gut«, hatten sie gesagt, »ihr fallt euch nach ein paar Tagen schrecklich auf die Nerven.«

Aber das stimmte nicht. Nichts, was Alex tat, störte mich. Er hatte keine einzige unangenehme Eigenschaft, keine seltsame Marotte, keine psychopathischen Rituale. Wir hatten die gleiche Einstellung zu Ordnung und Unordnung, keinen von uns störte es, wenn der Klodeckel aufstand, da waren wir nicht so pingelig. Es ärgerte mich auch nicht im Geringsten, dass Alex seine Klamotten da liegen ließ, wo er sie hatte fallen lassen, und dass er niemals die ausgespuckte Zahnpasta aus dem Waschbecken wischte. Dafür tolerierte er, dass ich seine Klamotten wegräumte und das Waschbecken putzte.

Er und ich kamen wunderbar miteinander aus, und wenn man sich liebt, kann man auch auf allerengstem

Raum glücklich sein. Und das waren wir jetzt schon vierundvierzig Tage lang ohne Unterbrechung.

»Na, wie war's heute mit deinen Müttern?«, fragte Alex, als ich zur Tür hereinkam.

»Frag mich nicht«, bat ich und warf meine Sachen in die Ecke. Vor nächstem Montag wollte ich keinen Gedanken mehr daran verschwenden.

»Ich bin auch gerade erst gekommen«, sagte Alex und küsste mich. »Was willst du kochen? Ich sterbe vor Hunger.«

»Ich dachte an Nudeln mit grüner Soße, ist das okay?«

Alex begann prompt, den Knoblauch und die Zwiebeln für die Soße kleinzuschnippeln. Das machte er immer, weil er es, wie er sagte, nicht ertragen konnte, mich weinen zu sehen. War das nicht süß?

Ich sang fröhlich vor mich hin.

»Was singst du da?«, fragte Alex irritiert.

»Aramsamsam«, sang ich und war selber überrascht, »gulligulligulligulligulliramsamsam.«

Alex schüttelte den Kopf.

»Du kannst einem wirklich Leid tun«, meinte er. »Nicht zu fassen, dass du für so was studieren musstest.«

»Arabi«, sang ich und neigte mich tief zu der gehackten Petersilie herab.

Die Nudeln mit der grünen Soße schmeckten vortrefflich. Wir hatten jeder zwei Glaser italienischen Rotwein dazu, Eros Ramazotti und Kerzenschein.

»Und was gibt es zum Dessert?«, fragte Alex.

»Wir könnten Vanilleeis mit heißen Pflaumen essen«, sagte ich und lächelte ihn an. »Oder einen ganz anderen Nachtisch.«

»Dann will ich den ganz anderen Nachtisch«, entschied sich Alex. Das tat er übrigens zum vierundvierzigsten Mal hintereinander. Nein, zum dreiundvierzigsten Mal, um ehrlich zu sein. An einem Abend hatte ich eine fantastische Rote Grütze mit Eierlikörsoße gemacht, und da wollte Alex zuerst die Grütze und dann den ganz anderen Nachtisch. Seit ich bei ihm wohnte, hatte ich drei Kilo abgenommen.

Ich war wirklich die glücklichste Frau des ganzen Universums. Ich hatte jeden Tag Sex, einen Mann, der für mich die Zwiebeln würfelte, und demnächst auch noch ein traumhaft schönes Haus.

Wir hatten lange gebraucht, um ein Haus zu zeichnen, das in jeder Beziehung unseren Wünschen entsprach. Die ersten vier Versionen waren mit knapp dreihundert Quadratmetern etwas zu groß geraten. Wir hatten schweren Herzens die Bibliothek, das Kaminzimmer, den Wintergarten und den Raum für Alex' Modelleisenbahn gestrichen, ebenso den Turm, unter dessen Glaskuppel unser Schlafzimmer hatte liegen sollen. Allein aus Kostengründen hatten wir uns für eine schlichtere Version von hundertvierzig Quadratmetern entschieden, in der die Räume ganz normal dimensioniert waren. Alex hatte die Pläne gezeichnet, die notwendigen Berechnungen und Bewehrungspläne hatte der firmeneigene Statiker umsonst angefertigt, und seit zwei Wochen lag der Bauantrag bereits beim Amt.

»Mit meinen Beziehungen könnten wir die Genehmigung in zwei Wochen haben«, sagte Alex. »Aber ich will erst im Frühjahr anfangen – bis dahin steht auch unsere Finanzierung.«

Bis es soweit war, wollten wir noch knapp zehntausend Mark sparen, zusammen mit Alex' fälligem Bausparvertrag und dem Geld, das Alex' Vater beisteuern wollte, hatten wir dann über hunderttausend Mark zusammen. Den Rest musste uns die Bank leihen. Ich empfand Angst und Freude zugleich, wenn ich daran dachte. Die gemeinsamen Schulden würden uns enger aneinander knüpfen, als eine Heirat das je konnte.

Aber an diesem Abend verschwendete ich keinen Gedanken daran. Der Nachtisch war besser als jemals zuvor. Alex trug gleich vier geheime Zeichen in die Tabelle an der Badezimmertüre ein. Eins davon hatte er eben erst erfunden.

IN DER NÄCHSTEN Woche war Hanna immer noch davon überzeugt, dass Heiko sie betrog.

»Er hat gesagt, dass er am Wochenende unmöglich herkommen kann«, berichtete sie. »Angeblich hat er Bereitschaftsdienst.«

»Warum fährst du dann nicht zu ihm nach Ludwigshafen?«

Hanna sah mich vorwurfsvoll an. »Weil ich schon letztes Wochenende da war. Diesmal ist er an der Reihe.«

»Aber wenn er doch Bereitschaftsdienst hat!«

»Nein«, sagte Hanna. »Das sehe ich gar nicht ein. Kein Mensch bezahlt mir das Benzin.«

Ich fand das unglaublich kleinlich. »Wenn du Heiko lieben würdest, dann würdest du es ohne ihn hier gar nicht aushalten. Und das Geld wäre dir sowieso egal.«

»Wer hat von Liebe gesprochen?«, fragte Hanna.

Verstimmt wandte ich mich meiner Arbeit zu.

»Tut mir Leid«, sagte Hanna nach einer Weile. »Du kannst ja nichts dafür.«

»Nein«, sagte ich kühl. »Ich verstehe dich auch nicht. Aber das ist ja im Grunde deine Sache.«

»Ja, das ist meine Sache«, sagte Hanna und hielt mir ein Puddingteilchen hin. »Aber deshalb müssen wir uns ja nicht auch noch streiten. Ich meine, bei diesen Männergeschichten müssen wir Frauen doch zusammenhalten, oder nicht?«

Ich nahm das Puddingteilchen an.

»Wenn Heiko dich wirklich betrügt, dann bin ich natürlich auf deiner Seite, ist doch klar«, sagte ich. »Aber ich wünschte, du würdest einsehen, dass nicht alle Männer so sind wie er.«

»Beweise mir das Gegenteil«, verlangte Hanna.

Ich seufzte. Sie war wirklich ein schwieriger Fall. Obwohl sie zwei Jahre älter war als ich, hatte sie immer noch nicht erkannt, dass man für eine intakte, aufregende Beziehung eben auch etwas tun musste. Geben und Nehmen im Gleichgewicht zu halten, das war das ganze Geheimnis. Außerdem sollte man natürlich den Faktor Sexualität niemals unterschätzen. In der Mittagspause kaufte ich mir deshalb bei H & M ein dunkelrotes Seidenhöschen und einen dazu passenden BH.

Als ich wieder im Büro war, rief ich Alex auf der Arbeit an, um ihn nach seinen Wünschen bezüglich des Abendessens zu fragen.

»Breuer, Apparat Baum«, sagte eine weibliche Stimme.

»Wie bitte?«, fragte ich irritiert.

Normalerweise meldete sich unter Alex' Durchwahl er selber oder Frau Zerneck, die Sekretärin. Frau Zerneck war eine nette Dame Anfang Fünfzig, die ich von verschiedenen Betriebsfeiern her kannte. Sie war die einzige weibliche Mitarbeiterin im Architekturbüro Berger. Neben ihr und Theo Berger, Alex' Chef, arbeiteten noch zwei angestellte Architekten und zwei Statiker dort. Von einer Mitarbeiterin namens Breuer hatte ich niemals gehört.

»Architekturbüro Berger, Breuer am Apparat«, wiederholte die Stimme freundlich.

»Elisabeth Jensen«, sagte ich. »Ich hätte gerne Herrn

Baum gesprochen. Habe ich nicht seine Durchwahl gewählt?«

»Doch«, sagte die weibliche Stimme und lachte glockenhell. »Worum geht es denn, wenn ich fragen darf?«

»Das ist privat«, sagte ich so eisig, dass Hanna, die mir gegenüber ihre mitgebrachte Rohkost verzehrte, aufmerksam den Kopf hob.

»Einen Augenblick, bitte. Alex, Telefon für dich. Etwas Privates.« Wieder das glockenhelle Lachen. Ich verzog den Mund.

Hanna sah mich besorgt an. »Ist was?«

»Baum?«

»Ich bin's, hallo.« Ich schüttelte den Kopf, damit Hanna weiter in Ruhe ihr Mittagessen genießen konnte.

»Hallo, kleiner Knurrhahn! Was gibt's?«

»Wer war das da vorhin am Telefon?«

Hanna ließ ihre Möhre wieder sinken.

»Das war Tanja«, erklärte Alex. »Unsere Praktikantin. Sie darf heute meinen Zeichentisch benutzen und soll im Gegenzug mein Telefon bedienen.«

»Seit wann habt ihr eine Praktikantin?«, fragte ich. Hanna mir gegenüber bekam einen wachsamen Gesichtsausdruck.

»Seit Anfang der Woche«, sagte Alex. »Warum?«

»Ach, nur so. Sie war nicht besonders nett.«

Alex lachte.

»Das kann ich mir gar nicht vorstellen«, sagte er. »Sie ist zu allen hier sehr nett. Warum rufst du denn an?«

Ich riss mich zusammen. Von Hannas Pessimismus durfte ich mich nicht anstecken lassen.

»Wegen heute Abend«, sagte ich betont heiter. »Hättest du mehr Lust auf Reispfanne oder auf gefüllte Omelettes?«

»Das klingt beides toll«, antwortete Alex. »Und was gibt es zum Nachtisch?«

»Das Übliche«, sagte ich. »Aber mit neuer Unterwäsche. Roter Unterwäsche.«

Alex schwieg überwältigt.

»Kannst du was früher Schluss machen?«, fragte er dann.

Ich lachte zufrieden.

»Was war denn das?«, fragte Hanna, als ich aufgelegt hatte.

»Telefonsex«, sagte ich.

»Ich meine, vorher!«

»Da war eine Praktikantin am Apparat, die ich noch nicht kannte.«

Hanna lächelte mitleidig.

»Jung?«, fragte sie.

»Ja«, gab ich zu. »Die klang sehr jung.«

»Oje, Elisabeth«, meinte Hanna. »Solche Praktikantinnen schrecken vor überhaupt nichts zurück, und junge schon gar nicht. Die haben noch nie was von Solidarität unter Frauen gehört.«

Ich lachte versuchsweise auch glockenhell. »Du bist eine alte Unke! Bei mir und Alex gibt es keine Probleme mit irgendwelchen anderen Frauen«, sagte ich jetzt.

»Na dann, schönes Wochenende«, erwiderte Hanna.

»Das haben wir sicher«, entgegnete ich. »Und vergiss die Praktikantin. Ich habe sie schon vergessen.«

Zufällig fiel sie mir abends aber wieder ein, und ich erkundigte mich bei Alex nach ihr. Nur so, ganz nebenbei.

Alex sagte, sie sei etwas zu jung, aber sehr nett.

»Wie jung?«, fragte ich. »Und zu jung für was?«

»Ich weiß nicht genau, zwei-dreiundzwanzig. Jedenfalls zu jung, um sie ernst zu nehmen.«

»Und wie sieht sie aus?«

»Nett«, sagte Alex.

»Ich will es genau wissen«, sagte ich. »Nur so zum Spaß: Ist sie groß oder klein? Dick oder dünn?«

»Sie ist mittelgroß, würde ich sagen. Gute Figur, halblange, blonde Haare«, antwortete Alex. Warum möchtest du das wissen?«

»Ich finde so was interessant«, sagte ich. »Welche Farbe haben ihre Augen?«

»Also, das weiß ich wirklich nicht.« Alex seufzte. »Aber wenn du willst, werde ich am Montag mal hineinschauen.«

Ich schmiegte mich in seine Arme.

»Nein«, sagte ich. »Lieber nicht.«

Die Sonntage mit Alex waren immer besonders schön. Wir schliefen lange, frühstückten im Bett, und manchmal zogen wir uns den ganzen Tag nicht an. Heute war so ein Sonntag. Draußen waren es minus elf Grad, und der Himmel war bleigrau – kein Wetter zum Spazierengehen.

Wir hatten ein ausgiebiges Frühstück mit Räucherlachs und Schaumomelette und Marzipankuchen, und daran aßen wir von zehn Uhr morgens bis vier Uhr nachmittags. Ich hatte endlich Zeit, den Roman auszulesen, an dem ich seit drei Wochen las, und Alex blätterte wieder einmal in Dr. Rötzels natürlicher Empfängnisverhütung.

»Das ist ja schön mit uns.« Er seufzte tief auf. »Einen ganzen Tag lang nichts tun. Diesen Luxus könnten wir uns mit Kindern nicht mehr leisten.«

»Ja«, stimmte ich zu. »Und Kinder kosten so viel, dass man sonntags dann auch noch arbeiten muss.«

»Das muss ich demnächst sowieso«, sagte Alex. »Mit den faulen Sonntagen ist es dann vorbei. Theo Berger hat mir den Kaufhausbau in Karlsruhe überlassen, mir ganz allein. Und das, obwohl eigentlich Peter an der Reihe gewesen wäre. Mein erstes Projekt über fünfzehn Millionen, weißt du, was das für meine Karriere bedeutet? Und wie viel Geld dabei fürs Haus rausspringt? Nur Zeit werde ich keine mehr haben.«

»Dann warten wir besser noch mit der Kinderzeugung.«

Alex nickte. »Trotzdem, so ein kleines Bärchen zwischen uns, das meinen Verstand und deine Grübchen oberhalb des Hinterns geerbt hat – das wär' schon schön.«

»Ja«, meinte ich gerührt und küsste ihn. »Aber noch nicht jetzt.«

»Nein.« Alex nahm mir das Buch aus der Hand. »Noch nicht jetzt.«

»Dann lass mich lieber weiterlesen.«

»Heute ist aber der vierundzwanzigste«, flüsterte Alex in mein Ohr.

»Der vierundzwanzigste was?«

»Der vierundzwanzigste Tag deines Zyklus«, raunte Alex und küsste mich.

»Und was bedeutet das?«, fragte ich nach einer Weile.

Alex streifte sich sein T-Shirt über den Kopf.

»Das bedeutet, dass wir heute kein Kondom brauchen«, sagte er froh.

Das freute mich auch. Alex hatte offensichtlich seine geheime Orgasmusstatistik ausgewertet und war dem Geheimnis schon wieder einen Schritt näher gekommen. Ich musste kurz an Hannas Worte denken, von wegen, dass unsere Beziehung nur funktionierte, solange ich immer dann Lust auf Sex verspürte, wenn auch Alex Lust hatte. Aber das Einzige, zu dem ich überhaupt keine Lust hatte, war auszuprobieren, ob Hanna mit dieser Behauptung richtig lag.

Um fünf Uhr nachmittags ließen wir uns ein duftendes Melissenschaumbad ein. Wir hatten eine riesige Badewanne, die so viel Wasser fasste, dass es schon aus ökologischen Gründen nicht anging, allein darin zu baden. Alex zündete Teelichter an und holte Sekt aus dem Kühlschrank, und ich steuerte einen Tiegel Schokoladentrüffeleis zu unserem dekadenten Badevergnügen bei. Weil uns aber in der Wanne wieder einfiel, dass heute der vierundzwanzigste Tag in meinem Zyklus war und wir noch nie Sex in der Badewanne gehabt hatten, kamen wir nicht dazu, das Eis zu essen. Das war nicht weiter schlimm. Erst nach einer halben Stunde hatte es jene cremige, zart schmelzende Konsistenz, bei der Eis am allerbesten schmeckt.

Nur mit dicken Socken bekleidet – die Bodenfliesen waren im Winter immer unangenehm kalt – fläzten wir uns aufs Sofa, tranken Sekt und aßen Schokoladentrüffeleis dazu. Ich musste seufzen vor lauter Glück.

Entspannt schaltete Alex den Fernseher ein. Es lief eine Talk-Show, in der eine Frau ihr Buch über die Wirkung des Mondes auf Natur und menschliches Wohlbefinden vorstellte. Es war erstaunlich, was der Mond im Laufe seines Zyklus alles bewirken konnte.

»Welche Tipps, welche Regeln können Sie denn unseren Zuschauern mit auf den Weg geben, die sie befolgen können, ohne direkt das ganze Buch lesen zu müssen?«, wurde die Mondkundige von der Moderatorin gefragt. Ich beugte mich gespannt nach vorne.

»Eine ganz einfache Regel, an die sich jeder halten kann, ist, bei Vollmond zu fasten«, erklärte die Mondkundige, und ich hing gebannt an ihren Lippen. »An Vollmondtagen nimmt man viel schneller zu als an anderen Tagen, und man wird diese Pfunde auch weniger gut wieder los. Deshalb sollte man bei Vollmond auf die Kalorien achten.«

Ich schob mir den allerletzten Löffel Schokoladentrüffeleis in den Mund und nickte eifrig.

»Ja«, blökte ich. »Das werde ich mir merken.«

Alex klopfte mir auf den Schenkel.

»Heute ist Vollmond«, sagte er und lachte sich kaputt.

Ich stöhnte. Hätte ich das mal früher gewusst! Aber wie auch, wenn wir seit gestern Abend die Fenster mit Rollläden verrammelt hatten?

Alex streckte seine nackten Beine auf den Couchtisch.

»Gemütlich«, seufzte er zufrieden.

Ich lächelte ihn an.

»Wir sind einfach füreinander geschaffen«, sagte er.

Das hätte jetzt Hanna hören sollen, die alte Schwarzseherin. Ich rollte den Eistopf von mir und wechselte das Programm mit der Fernbedienung.

Auf dem Bildschirm erzählte ein Mädel namens Sabrina, dass sie es sehr bereue, die Beziehung zu ihrem Freund Jens gelöst zu haben. Sie und ihr Pudel Muffy würden ihn schrecklich vermissen, sagte sie und raufte sich die missratene Dauerwelle. Ich schluckte schwer.

»Was ist das für ein Quatsch?«, wollte Alex wissen und griff nach der Fernbedienung.

»Lass mich das sehen, bitte.«

Sabrina starrte mit tränenblinden Augen in die Kamera.

»Ich weiß jetzt, dass ich mit deiner Liebe etwas sehr Kostbares verschenkt habe«, schluchzte sie, und der Moderator neben ihr nickte ernst. »Aber wenn du mir verzeihen kannst, Jens, dann komm zu mir zurück, und wir versuchen es noch einmal zusammen.«

Alex raufte sich die Haare.

»Gib mir die Fernbedienung«, befahl er. »Das ist ja widerwärtig.«

Im Fernsehen klingelte der Moderator bei Jens an der Wohnungstür. Jens, der für diese Uhrzeit erstaunlich aufgestylt war, erkannte ihn sofort, bat ihn aber trotzdem herein.

»Ich habe hier eine Videobotschaft für dich«, sagte der Moderator mit verheulter Stimme. »Könntest du dir denken, von wem?«

Jens hatte keinen Schimmer, erklärte sich aber trotzdem bereit, sich das Band zusammen mit dem Moderator anzuschauen. Während Sabrinas und Muffys eindringlichen Appells zoomte die Kamera den Ausgang von Jens' Tränenkanälen und seine Nasenschleimhäute heran. Jens weinte, kein bisschen gestellt!

»Nee«, rief Alex. »Das ist ja nicht zum Aushalten. Wegen solcher Sendungen werden Menschen zu Amokläufern.«

»Aber nein«, widersprach ich. »Solche Sendungen verbessern unsere Welt.«

Der Moderator nahm Jens mit zu Sabrina, nachdem er sich gründlich die Nase geputzt hatte.

»Ich habe jemanden mitgebracht«, sagte er an der Türe zu ihr. »Kannst du dir denken, wen?«

Sabrina hatte natürlich auch keinen Schimmer. Aber

als sie Jens sah, fing sie vor lauter Überraschung und Freude ebenfalls an zu weinen. Auch Jens und der Moderator weinten wieder. Ein bisschen weinte ich auch. Da entriss Alex mir die Fernbedienung.

»Ha!«, schrie er triumphierend und schaltete einfach um. »Jetzt gehört sie mir.«

Im anderen Programm kämpften Orcawale mit hilflosen Robbenbabys. »Hochinteressant«, behauptete Alex, als das Meerwasser sich rot färbte. Ich wollte lieber Muffys Gesicht sehen, wenn er merkte, dass Herrchen und Frauchen sich wieder versöhnt hatten.

In diesem Augenblick klingelte das Telefon.

»Ich bin nicht da«, schrie ich.

»Ich auch nicht«, schrie Alex. Das Telefon klingelte trotzdem weiter. Alex hob schließlich den Hörer ab.

»Alexander Baum? Ah – hallo, Björn, alter Kumpel!«

Ich warf mich erleichtert zurück aufs Sofa und bekam gerade noch den Abspann von »Wen die Liebe quält« zu sehen. Der Moderator, Jens, Sabrina, Muffy und eine Menge andere Leute winkten lächelnd in die Kamera.

»Wenn auch Sie die Liebe quälen sollte, dann zögern Sie nicht, uns zu schreiben«, sagte der Moderator noch.

Ich winkte dankend ab. Das war wohl mehr was für Hanna und Heiko und andere Beziehungsgeschädigte. Alex hatte den Hörer aufgelegt.

»Das war Björn. Ein alter Surfkumpel von mir.«

»Kenne ich nicht«, sagte ich träge. »Du hast so viele alte Surfkumpels.«

»Du wirst ihn gleich kennen lernen.«

Die Botschaft brauchte sehr lange, bis sie bei mir ankam.

»Wie meinst du das?«, fragte ich schließlich.

»Der kommt jetzt vorbei.«

»Jetzt? Hier? Aber warum?«

»Er hat die Dias von unserem Spanienurlaub vor vier Jahren endlich gerahmt. Und die will er mir zeigen.«

»Hier? Heute?«

Alex lachte. »Ja, die sind sicher lustig, werden dir gefallen. Damals kanntest du mich nämlich noch nicht. Sag mal, haben wir eigentlich Bier da?«

»Sag mal, spinnst du eigentlich?«

Alex sah mich verständnislos an.

»Ich liege hier splitterfasernackt auf dem Sofa und wollte vor dem Fernseher diesen Tag ausklingen lassen, zusammen mit dir«, schrie ich. »Und jetzt kommt dein alter Surfkumpel und möchte Dias anschauen? Wo soll ich denn so lange hin?«

Das war überhaupt eine gute Frage. Panisch sah ich mich nach einem Versteck um. Eigentlich gab es nur noch den Kleiderschrank und das Badezimmer, in das ich mich zurückziehen konnte. Aber was, wenn der Surfkumpel mal musste?

»Das sind sicher gute Fotos«, sagte Alex. »Ich dachte, die interessieren dich. Damals hatte ich noch einen Bart.«

»Interessieren mich!«, wiederholte ich und sprang völlig orientierungslos auf. »Sag mir lieber, wo ich jetzt hin soll. Wo soll ich nur hin?«

Alex hielt mein hysterisches Gejammer wohl für Komödie. Er lächelte sogar. »Vielleicht ziehst du dir was über. Björn kann jeden Augenblick hier sein.«

Das gab mir den Rest.

»Jeden Augenblick hier sein?«, schrie ich, und Tränen standen mir in den Augen. »Ich bin ganz nackt, meine Beine müssten dringend mal wieder rasiert werden, das Bett ist nicht gemacht, und ich kann mich nicht mal hineinlegen, weil es im selben Raum steht wie dieser Surffreak gleich. Es ist Sonntagabend halb neun – wo soll ich denn jetzt hin?«

Alex sagte nichts. Ganz offensichtlich überraschte ihn mein Ausbruch. Das machte mich noch viel wütender.

»Schließlich wohne ich auch hier!«, schrie ich, und jetzt liefen mir die Tränen über die Wangen. »Ich darf nicht mal in Socken vor dem Fernseher sitzen. Ich fühle mich bedroht!«

»Aber das ist ein lieber Freund von mir. Den stört es nicht, dass deine Beine nicht rasiert sind.«

»Aber mich!«, schrie ich. »Ich habe nichts gegen deine Freunde. Aber ich will den Zeitpunkt des Kennenlernens selber wählen können, verstehst du das nicht?« Jetzt heulte ich laut. »Heute ist der denkbar ungünstigste Zeitpunkt dafür. Und ich kann nirgendwo hin. Ich habe ja keine eigene Wohnung mehr.« Schluchzend riss ich Unterhose, Jeans und Pulli aus dem Schrank und zog mich an.

»Was soll das denn?« murmelte Alex.

»Du – du –«, schniefte ich ihn an, fand aber das richtige Wort nicht. »Deinetwegen muss ich jetzt in die Kälte hinaus.«

Ich zog Mantel und Schuhe an, raffte meine Handtasche und Autoschlüssel und öffnete die Tür. Die Zimmertemperatur sank sofort unter Null.

»Hey.« Alex griff nach meinem Arm.

Ich schüttelte ihn wild ab und stapfte zu meinem Auto.

»Halte mich bloß nicht auf!«, rief ich noch, aber Alex folgte mir nicht.

Es war schon seit Wochen richtig kalt. Auf den Bürgersteigen lag eine dicke Eiskruste, die tagsüber nicht mal antaute. Am Nachmittag hatte es ein bisschen geschneit, und der Schnee lag in einer dünnen, gefährlichen Schicht auf der Fahrbahn. Kaum eine Reifenspur durchteilte die weiße Decke. Natürlich nicht. Bei solchen Straßenverhältnissen blieb jeder vernünftige Mensch zu Hause.

Jeder, außer diesem Surffreak namens Björn, den das Schicksal dazu bestimmt hatte, unsere Beziehung zu zerstören.

Weinend ließ ich mich in mein Auto fallen. Der Motor sprang sofort an, und ich fuhr langsam die Straße hinauf. Obwohl ich Heizung und Belüftung auf Maximum stellte, fror mein Atem an der Windschutzscheibe fest, und ich konnte rein gar nichts erkennen. Etwa dreihundert Meter vom Haus weg standen die Altpapier- und Glascontainer, und dort hielt ich wieder an, um nach einem Gegenstand zu suchen, mit dem ich die Scheibe freikratzen konnte. Langsam versiegten die Tränen. Stattdessen wuchs die Wut in mir. Nicht mal Handschuhe hatte ich mitnehmen können, als man mich aus meiner eigenen Wohnung vertrieben hatte.

Ein ziemlich heruntergekommener Kombi mit Dachgepäckträger und vielen Aufklebern schlitterte in den Straßenverhältnissen unangepasster Weise an mir vorbei. Auch seine Windschutzscheibe war bis auf ein kleines Loch auf der Fahrerseite zugefroren, aber ich hätte schwören können, dass durch dieses Loch der Surffreak namens Björn geguckt hatte. Genau so ein Auto hatte ich ihm zugetraut. Wutschnaubend setzte ich mich zurück in den Wagen. Wo konnte ich denn jetzt hinfahren? Es war Sonntagabend, und überall, wo ich hinfahren konnte, würde ich genauso stören, wie dieser Björn uns gestört hatte. Außer, ich fuhr zu meiner Mutter, dort war ich immer willkommen. Aber allein der Gedanke, ihr erklären zu müssen, warum ich gekommen war, hielt mich davon ab. Sie würde ihre Stirn in kummervolle Falten legen und es mir überlassen, zu raten, was sie davon hielt.

Ratlos kratzte ich mit dem Fingernagel Eis von der Windschutzscheibeninnenseite. Wenn ich nicht erfrieren wollte, musste mir bald etwas einfallen. Da klopfte es gegen die Scheibe. Ich zuckte erschreckt zusammen.

»Huhu!«, schrie jemand draußen. Durch den Eisschleier hindurch erkannte ich Kassandra, unsere Nachbarin.

»Huhu«, erwiderte ich erleichtert.

Kassandra öffnete die Beifahrertür. »Was machst du denn um diese Zeit hier draußen?«

Ich wusste, dass die Spuren meiner Tränen auf meinen Wangen festgefroren und Augen und Nase überdies gerötet waren. Es wäre zwecklos gewesen, meinen Kummer zu leugnen.

»Ich habe mich mit Alex gestritten«, sagte ich.

Kassandra nickte gelassen. »Das habe ich mir gleich gedacht«, sagte sie. »Über eurer Wohnung lag den ganzen Tag so eine negative Aura. Möchtest du wegfahren?«

Ich schüttelte den Kopf.

»Ich weiß nicht, wohin«, sagte ich, und da lud Kassandra mich ein, mit zu ihr nach Hause zu gehen.

Sie war eine zierliche Frau Anfang Fünfzig mit auffallend türkisfarbenen Augen und silbergrauen Locken, die ihr bis zur Taille reichten. Ich hatte sie gleich am

Tag meines Einzugs kennen gelernt. Alex hatte mir gesagt, dass seine Nachbarin ein wenig seltsam sei, da sie mit Waldgeistern und Engeln spräche, aber ich fand gerade das interessant. Kassandra sagte, sie und ich würden uns aus einem früheren Leben kennen, und das sei der Grund für unsere spontane Zuneigung. Alex meinte, das sei völliger Quatsch, aber er konnte auch nicht das Gegenteil beweisen. Ich mochte Kassandra auf Anhieb, so als würde ich sie tatsächlich schon ewig kennen. Sie beschäftigte sich mit faszinierenden Dingen, und in den paar Wochen, in denen ich hier wohnte, hatte ich schon eine Menge von ihr gelernt. Seit wir zum Beispiel einen Rosenquarz neben dem Bett liegen hatten, der die Strahlung des Radioweckers absorbierte, konnte ich viel besser schlafen. Alex hielt auch das für Quatsch und reine Einbildung, aber er konnte das Gegenteil nicht beweisen.

In Wahrheit, also auf dem Pass, hieß Kassandra Gerdamarie Dahlberg, aber Kassandra war der Name, den ihre geistigen Führer ihr gegeben hatten. Im Grunde, sagte Kassandra, sei sie auf der Erde nur zu Gast, um eine bestimmte Aufgabe zu erfüllen. Sie stamme von einem Planeten weit hinter den Plejaden, auf dem die geistige Entwicklung schon viel weiter fortgeschritten sei als hier bei uns. Das erklärte vielleicht, warum sie meistens über den Dingen stand, von denen wir Irdischen so oft geplagt werden.

Ihre Wohnung kam mir an diesem Winterabend tatsächlich wie eine Zuflucht auf einem anderen Planeten vor. Sie war angenehm geheizt und auf eine gemütliche Weise unordentlich, mit vielen Möbeln und Gegenständen aus den unterschiedlichsten Epochen ausgestattet, die Regale voller Bücher und Nippes. Seufzend ließ ich mich auf dem blaugeblümten Sofa nieder, auf dem sich bereits Rudolf, Kassandras getigerter Kater, ausgestreckt hatte.

»Tee?«, fragte Kassandra, entschied aber nach einem prüfenden Blick in mein Gesicht, dass Rotwein hier eher angebracht sei.

Ehe ich mein erstes Glas getrunken hatte, kannte sie die ganze Geschichte um den Surffreak namens Björn in ihren Einzelheiten.

Kassandra fand das alles überhaupt nicht tragisch. Im Gegenteil. Sie lachte so sehr darüber, dass ihr die Tränen über die Wangen kullerten.

»Das ist nicht komisch«, sagte ich beleidigt. »Es war unser erster richtiger Streit.«

»Männer und Frauen haben ständig Missverständnisse«, meinte Kassandra. »Die Männer glauben immer noch, Eva stamme aus einer Rippe Adams. In Wirklichkeit ist es umgekehrt, deshalb müssen wir Frauen Verständnis für die Männer aufbringen, sie sind einfach noch nicht so weit in ihrer geistigen Entwicklung. Dein Alex zum Beispiel wird sich jetzt furchtbare Sorgen um dich machen.«

Diese Vorstellung tröstete mich etwas.

»Soll er doch ruhig«, meinte ich und leerte mein Rotweinglas in einem Zug.

Kassandra schaute aus dem Fenster. Ihre Wohnung lag im rechten Winkel zu unserer, und von ihrem Wohnzimmerfenster aus konnte sie eine Ecke unserer Terrassentür erkennen.

»Da ist so seltsames, buntes Licht«, sagte sie über die Schulter. Neugierig stellte ich mich neben sie. Tatsächlich, aus unserer Wohnung kam rotes und blaues Licht, das sich eigenartig zuckend im Schnee auf der Terrasse brach. Eine Weile beobachtete ich dieses Schauspiel ratlos. Dann ging mir ein Licht auf.

»Das sind Dias«, sagte ich empört. »Die schauen sich tatsächlich in aller Ruhe diese blöden Surfdias an und schwärmen von alten Zeiten, während ich hier draußen erfrieren muss.«

Tief gekränkt ließ ich mich wieder auf das weiche Sofa fallen und schenkte mir ein weiteres Glas Rotwein ein. Kassandra streckte ihre Hände in Richtung unserer Terrassentür und schloss die Augen.

»Ich spüre aber keineswegs Ruhe«, sagte sie, und ihre Arme bebten wie die Tentakel einer Wünschelrute. »Nein, ich fühle ganz deutlich die Unruhe in Alex. Er ist sehr besorgt um dich. Er will, dass du wieder nach Hause kommst.«

»Ja, aber ich kann ja schlecht nach Hause kommen, solange der Typ da rumlungert.«

»Der wird schon wieder gehen«, sagte Kassandra und zog die karierten Vorhänge vor. »Und so lange machen wir es uns hier gemütlich. Möchtest du, dass ich dir die Karten lege?«

»Au ja«, sagte ich, obwohl mir immer etwas mulmig dabei war, egal wie oft ich mir sagte, dass es nur ein Spiel sei und ich nicht daran glauben musste wie Kassandra. Sie bekäme über die Karten Botschaften aus dem All, direkt von den Plejaden, sagte sie.

Nach dem zweiten Glas Rotwein holte sie ihre abgegriffenen Tarotkarten aus einer verwitterten Anrichte. »Was möchtest du wissen?«

Ich musste nicht lange überlegen und fragte, wie es mit mir und Alex weiterginge. Kassandra mischte und ließ mich dreimal abheben. Anschließend verteilte sie sieben Karten auf dem Tisch und betrachtete sie schweigend. Ich fand, dass sie ein kritisches Gesicht machte.

»Ist es etwas Schlimmes?«, fragte ich besorgt.

»Der Stern«, murmelte sie. »Bis jetzt hat sich alles günstig entwickelt, du hast Vielversprechendes vor dir.«

»Ist doch wunderbar«, sagte ich erleichtert.

Kassandra runzelte die Stirn. »Jetzt geht es nicht darum, sich auf den anderen zu verlassen und ihm die Entscheidungen zuzuschieben.«

»Das verstehe ich nicht«, murmelte ich.

»Stattdessen ist es jetzt wichtig, sich schleunigst und verzeihend zu zeigen und sich den eigenen Ängsten zu stellen«, fuhr Kassandra fort.

Ich beugte mich gespannt vor. »Und dann?«

»Sieben Kelche – dein nächster Schritt wird dich in eine Täuschung führen, die zu einer Enttäuschung wird.«

»Auch wenn ich reumütig bin und mich den eigenen Ängsten stelle?«, fragte ich. »Das ist aber ungerecht.«

»Königin der Schwerter«, sagte Kassandra ernst. »Eine Frau, kalt und berechnend, kann eurer Beziehung schaden. Hüte dich vor dieser Frau.«

»Oh«, sagte ich.

»Eine Frau, die Einfluss auf Alex ausüben und Konflikte hervorrufen wird«, setzte Kassandra hinzu.

»Das könnte Alex' Mutter sein«, sagte ich bereitwillig. Ich hatte sie schon länger im Verdacht, unserer Beziehung zu schaden.

Kassandra warf mir einen scharfen Blick aus türkisfarbenen Augen zu. »Alex' Mutter?«, wiederholte sie. »Bist du sicher?«

»Ja«, sagte ich hastig und erhob mich. »Bestimmt ist sie damit gemeint.« Ich schob den Vorhang beiseite und sah zu unserer Terrasse hinüber. Meine ganze Wut auf Alex war über dem Kartenspiel verraucht. Jetzt war es höchste Zeit, sich reumütig und verzeihend zu zeigen.

»Ich gehe jetzt rüber«, sagte ich. »Danke fürs Aufwärmen.«

Kassandra starrte immer noch auf die Karten. »Da sind auch noch die drei Schwerter und das Rad des Schicksals. Möchtest du nicht wissen, was das bedeutet?«

»Ein anderes Mal.«

Kassandra lächelte und legte die Hände auf meine Schultern.

»Meine guten Wünsche sind bei euch«, sagte sie.

»Ich bin wieder da«, rief ich, als ich zur Tür reinkam, aber niemand antwortete mir.

Alex war nicht da. Alle Lichter, bis auf die Nachttischlampe, waren gelöscht, und auf dem Kopfkissen lag ein gelber Zettel.

»Mache mir Sorgen, fahre dich suchen«, stand da, und darunter war ein schiefes Herzchen gemalt, wie von einem kleinen Jungen. Bedrückt ging ich vors Haus und verfolgte die Reifenspuren von Alex' Wagen mit den Augen bis um die nächste Ecke. Es hatte wieder angefangen zu schneien, und ausgerechnet jetzt hatte Alex sich aufgemacht, um nach mir zu suchen. Ich war zu spät gekommen, hatte mich zu spät reumütig und verzeihend gezeigt, und die Strafe dafür würde nicht ausbleiben. Ach, Alex! Ich küsste das Herzchen auf seinem Brief und vergoss eine Reueträne. Sie rollte über meine Wange und fiel als winziger Eistropfen hinab in den Schnee. Wenn Alex doch wenigstens mein Auto bei den Altpapiercontainern fände, dann könnte er sich

den Rest schon zusammenreimen! Er würde einfach meinen Fußspuren folgen, und auf halber Strecke würden wir einander in die Arme fallen und uns küssen, während die Schneeflocken auf unseren heißen Gesichtern zu schmelzen begännen.

Ich seufzte sehnsüchtig, aber Alex musste an meinem Auto vorbeigefahren sein, ohne es bemerkt zu haben. Traurig schlurfte ich in die Wohnung zurück. Kaum hatte ich die Tür hinter mir geschlossen, klingelte das Telefon. Ich zögerte einen Augenblick, bevor ich den Hörer abhob. Immerhin war es nach elf Uhr abends, und mir war nicht unbedingt nach einem Telefonplausch zumute. Aber dann siegte die Furcht, es könne Alex sein, und meine Abwesenheit könnte ihn dazu antreiben, noch weiter in der Eiswüste nach mir zu suchen.

»Elisabeth Jensen«, sagte ich betont lässig.

»Gott sei Dank, dir ist nichts passiert«, sagte Hanna am anderen Ende.

»Warum sollte mir etwas passiert sein?«

»Alex ist sicher froh, dass du wohlbehalten wieder da bist.«

»Alex ist gar nicht da!«

»Dann ist er losgefahren, die Strecke absuchen«, sagte Hanna.

Ich schluckte. »Woher weißt du das?«

»Alex hat bei mir angerufen und mir alles erzählt!«

»Alex hat bei dir angerufen?«

»Ja, angeblich hat er sich solche Sorgen gemacht. Du wärst in so schrecklicher Verfassung gewesen, hat er gesagt.«

»Der spinnt doch wohl«, sagte ich, und meine Wut flackerte wieder auf. »Einfach anzurufen und dir von unserem ganz privaten Streit zu erzählen.«

»Er liebt dich vielleicht wirklich«, seufzte Hanna. »Heiko würde sich jedenfalls niemals solche Sorgen um mich machen und schon gar nicht hinter mir hertelefonieren. Wo warst du denn, nachdem du so hysterisch weinend die Wohnung verlassen hast?«

»Ach, Scheiße«, sagte ich. »Hat er ›hysterisch weinend‹ gesagt, der Saftsack?«

»Das muss dir doch nicht peinlich sein. Ich war die erste, die Alex angerufen hat. Weil er meint, dass du am ehesten zu mir fahren würdest.«

»Willst du damit sagen, er hat noch woanders angerufen?«

»Ja«, sagte Hanna. »Er hörte sich echt besorgt an. Er hat dein Adressbuch gefunden und wollte alle Nummern anrufen, um nach dir zu fragen.«

Ich sah mich um. Das Adressbuch lag aufgeblättert neben dem Telefon. Bei Z. »Du meinst, er hat überall angerufen und meinen Freunden von unserem Streit erzählt?«, fragte ich entsetzt.

»Ja, aber er wird dich nirgendwo erreicht haben«, sagte Hanna mit unübertroffener Logik, »denn sonst wäre er ja nicht losgefahren! Verrat doch bitte, bitte, wo du warst.«

Ich sagte es ihr. Des besseren Verständnisses wegen erzählte ich ihr die Geschichte aber noch einmal vollständig aus meiner Sicht, von dem Augenblick an, wo ich völlig unbekleidet auf dem Sofa gelegen hatte und das Telefon klingelte. Was vorher passiert war, ließ ich weg. Ich wollte Hanna nicht unnötig neidisch machen.

Hanna lachte herzlich. »Und deshalb bist du die halbe Nacht weggeblieben?«

»Was hättest du denn an meiner Stelle gemacht?«

»Ich wäre einfach nackt auf dem Sofa liegen geblieben«, meinte Hanna. »Was meinst du, wie schnell der Surffreak sich wieder verabschiedet hätte.«

»Oder auch nicht«, sagte ich. »Außerdem kann ich so was nicht. Denk doch mal, wie peinlich, nackt vor einem wildfremden Mann herumzuliegen!«

Hanna kicherte in den Hörer. »Peinlich ist, wenn dein Freund überall rumerzählt, du hättest hysterisch weinend das Haus verlassen, weil er Besuch bekommen hat.«

Ich schwieg betroffen. Sie hatte Recht, das war wirklich peinlich. Ich hatte eine Sauwut auf Alex. Genau in diesem Augenblick hörte ich seine Schritte vor der Tür.

»Da kommt er«, informierte ich Hanna und legte leise den Hörer auf.

Alex sah müde und traurig aus, als er zur Tür hereinkam. Ein bisschen so, als habe er geweint. Wenn er mich doch nur nicht bei meinen Freunden blamiert hätte, wie wunderschön könnte dann jetzt unsere Versöhnung sein. Ich seufzte.

Da erst blickte er zu mir herüber. Seine Augen wurden groß und rund, und für einen Augenblick dachte ich, er freue sich. Dann aber zog er seine Augenbrauen zusammen und knurrte: »Wo ist dein Auto?«

»Warum hast du überall herumerzählt, dass wir uns gestritten haben?« knurrte ich zurück.

»Wo warst du?«

»Das geht dich gar nichts an.«

»Du hast mir mit deinem kindischen Verhalten einen Wahnsinnsschrecken eingejagt, verdammt noch mal. Ich sah dich schon erfroren im Graben liegen.«

»Dann hättest du mich eben nicht aus dem Haus treiben sollen«, sagte ich. »Bei diesem Wetter.«

»Du hättest nicht gehen müssen. Björn ist nur ein paar Minuten geblieben.«

»Haha«, sagte ich. »Und in den paar Minuten hat er dir alle Dias vom letzten Spanienurlaub gezeigt, was?«

Alex sah mich prüfend an. »Wo warst du? Und wo ist dein verdammtes Auto?«

Ich sagte nichts.

»Du bist kindisch und boshaft«, sagte Alex. »Es hat dir Spaß gemacht, mir Angst einzujagen.«

»Ja«, sagte ich.

Alex erhob sich mit steinernem Gesicht und ging nach nebenan ins Badezimmer. Nach einer Weile hörte ich, wie er begann, sich die Zähne zu putzen. Ich blieb auf dem Bett sitzen und starrte auf das schiefe Kleine-Jungen-Herzchen, das er auf den Brief gemalt hatte. Dann sprang ich auf und rannte hinterher.

»Nein«, schrie ich.

Alex nahm die Zahnbürste aus dem Mund. »Nein, was?«

»Es macht mir keinen Spaß, dir Angst einzujagen. Das wollte ich nicht, ehrlich«, fuhr ich mit gedämpfterem Ton fort, und da ich mich reumütig und verzeihend zeigen wollte, wie es Kassandras Karten empfohlen hatten, setzte ich noch etwas hinzu. »Es tut mir Leid.«

Alex spuckte Zahnpasta ins Waschbecken und spülte sich den Mund aus. Erst dann drehte er sich zu mir um.

»Mir tut es auch Leid«, sagte er.

Vor Erleichterung kamen mir die Tränen. Ich schmiegte mich an seinen nackten Oberkörper.

»Ich war bei Kassandra«, murmelte ich in seine Brusthaare. »Und das Auto steht oben bei den Altpapiercontainern. Ich konnte nichts mehr sehen, deshalb musste ich es da stehen lassen.«

»Du Arme. Ich habe mich vielleicht wirklich blöd benommen.«

»Nein, ich habe mich blöd benommen«, sagte ich bereitwillig.

»Na gut.« Alex hielt mich ganz fest umschlungen. »Dann haben wir uns eben beide blöd benommen.«

»Ich liebe dich«, flüsterte ich.

Da nahm Alex mein Gesicht zwischen seine Hände und küsste sanft die Tränen von meinen Wangen.

»Elisabeth, du Dummerchen«, sagte er. »Möchtest du meine Frau werden?«

Und ich schrie laut und ohne auch nur den Bruchteil einer Sekunde lang zu zögern: »Ja, ich will!«

DIE ERSTE, DIE die Neuigkeit erfahren sollte, war Hanna.

»Heiko hat das ganze Wochenende nicht angerufen«, brach es aus ihr heraus, kaum dass ich mich am nächsten Morgen auf meinen Schreibtischstuhl hatte fallen lassen.

»Du hättest hinfahren sollen, wie ich es dir geraten hatte«, sagte ich. »Sicher war er nur beleidigt.«

»Ach wo! Der war doch heilfroh, dass er sich nicht um mich kümmern musste. So hatte er freie Bahn für seine Geliebte.«

»Vielleicht tust du ihm unrecht«, sagte ich. »Du hast nicht einen einzigen Beweis. Und man ist schließlich so lange unschuldig, bis das Gegenteil bewiesen ist.«

»Was soll ich denn tun?« Sie beugte sich aggressiv nach vorne. »Heimlich vor seiner Tür lauern, mit Sonnenbrille und Zeitung? Oder mich im Schrank verstecken? Seine Taschen durchsuchen? Die Kollegen ausfragen? Seinen Anrufbeantworter abhören?«

»Alles prima Ideen«, meinte ich. »Warum nicht?«

Hanna schüttelte den Kopf. »Niemals würde ich mich so weit erniedrigen, hinter einem Mann herzuspionieren. Niemals.«

Ich betrachtete sie ratlos. Was Beziehungskisten anging, hatten wir einfach nicht dieselbe Einstellung. Jede Diskussion zu diesem Thema war von vorneherein unfruchtbar. Hanna starrte eine Weile auf den Boden.

»Also gut«, sagte sie. »Dann tu ich's eben. Der Wahrheit zuliebe.«

Ich beschloss, sie von ihrem Problem abzulenken und über mein privates Glück zu reden.

»Was hältst du von Heiraten?«, fragte ich lächelnd.

Hanna tippte sich an die Stirn. »Bist du blöde? Heiraten in so einer Situation? Das wäre ja wohl das Dämlichste, was wir tun könnten. Ganz abgesehen davon, dass Heiko mich niemals fragen würde. Heiraten ist was für Idioten, sagt er immer. Nur Trottel tun so was.«

»Aha«, sagte ich. »Dann bin ich wohl in seinen Augen ein Trottel?«

Hannas Augen wurden rund. »Du?«, rief sie.

Ich nickte glücklich.

»Na so was! Das muss ja eine romantische Versöhnung gewesen sein, gestern Nacht.«

»Ja«, sagte ich. »Und wie.«

Hanna kam um den Schreibtisch herum und umarmte mich. »Glückwunsch, Elisabeth. Und alles Liebe.«

»Danke«, sagte ich. »Ich hoffe, du wirst unsere Trauzeugin sein.«

»Ja, natürlich«, sagte Hanna. »Ich werde mir dafür ein neues Kleid nähen. Wann soll das Ereignis stattfinden?«

»Das wissen wir noch nicht«, erklärte ich. »Im Frühjahr vielleicht.«

»Natürlich im Frühjahr«, seufzte Hanna. »Wenn die Kirschbäume blühen. Und wenn nichts dazwischenkommt.«

Es war seltsam, wie unterschiedlich Verwandte und Freunde auf die Neuigkeit reagierten. Vor allem die verheirateten Männer zeigten ihre Freude auf eine etwas verhaltene Weise.

»Endlich kommst du auch unters Joch«, sagten sie zu Alex, »warum solltest du es besser haben als wir?«, und lauter solche Sprüche, aus denen man schließen konnte, dass ihre Heirat jedenfalls nicht ihre Idee gewesen sei. Als müssten sie einander für eine Eheschließung bestrafen, sammelten die Männer monatelang säckeweise Kronkorken und durch den Reißwolf gedrehte Papierfetzen, um sie beim nächsten Polterabend in den Vorgarten des Brautpaares zu kippen und sich mit der dadurch entstandenen Schweinerei für eventuell bei ihrer Hochzeit erlittene Schikanen zu revanchieren.

Aber da wir noch keinen Vorgarten hatten, fürchteten wir auch die Kronkorkenflut nicht.

Auch Alex' Surfkumpel Björn meldete sich prompt. Er war wirklich ein dreister Kerl, ich konnte mich glücklich schätzen, ihn neulich Abend nicht persönlich kennen gelernt zu haben.

»Du bist also die Frau, die unseren Alex eingefangen hat«, sagte er, nachdem ich mich am Telefon gemeldet hatte. »Gratuliere.«

Ich lachte verlegen. »Es war wohl eher umgekehrt«, sagte ich.

»Ja, ja«, meinte Björn. »Du bist ja auch ein niedlicher Happen, wenn du so aussiehst wie auf den Fotos, die Alex mir gezeigt hat.«

»Ja«, sagte ich selbstbewusst. Ich war unbestreitbar ein niedlicher Happen.

»Obwohl du überhaupt nicht Alex' Typ bist, echt. The Gentlemen prefer blondes, das weiß ich aus jahrelanger Erfahrung. Für mich blieb immer die dunkelhaarige Freundin übrig.«

»Geschmäcker können sich bekanntlich ändern«, sagte ich leicht irritiert. Was fiel dem denn ein?

»Vor allem, wenn so ein Wahnsinnsgrundstück im Spiel ist«, entgegnete Björn. »Du bist eine gute Partie, mit so einem Grundstück darfst du bei Alex sogar brünett sein.«

Jetzt wurde ich ärgerlich. »Was willst du eigentlich? Zuerst versuchst du es mit jahrhundertealten Surfdias, und jetzt mit böswilligen Andeutungen. Was bist du überhaupt für ein Freund?«

»Einer, der's gut mit dir meint«, sagte Björn. »Vielleicht freut es dich zu hören, dass ich mir nichts aus Blondinen mache. Im Gegenteil, meinen Erfahrungen nach sind die Brünetten besser im –«

»Und ich«, unterbrach ich ihn, »ich mache mir nichts aus Männern, die Frauen als niedliche Happen bezeichnen und versuchen, glückliche Paare auseinander zu bringen.« Resolut knallte ich den Hörer auf. Unverschämtheit. Armer Alex, wahrscheinlich ahnte er nicht mal, was für einen falschen Freund er da besaß. Ich beschloss, Björn auf keinen Fall auf die Gästeliste zu schreiben, und Alex musste nichts von seinem Anruf wissen. Er wäre nur enttäuscht gewesen.

Alle anderen Freunde und Verwandten zeigten eitle Freude über unsere bevorstehende Eheschließung.

Meine Cousine Susanna rief mich extra aus der Pfalz an, um mir zu danken, da unsere Heiratspläne ihren Bruno endlich auch auf die Idee gebracht hätten. Gleich nachdem sie die Neuigkeit erfahren hatten, sei er vom Sofa aufgesprungen und habe gerufen, dass er's jetzt leid sei.

»Was denn?«, fragte ich und versuchte mir vorzustellen, wie Bruno seine hundertzehn Kilogramm auf eine

Art und Weise vom Sofa hochstemmte, die man als Springen bezeichnen konnte.

»Die Steuern. Als lediger Freiberufler zahlt er sich dumm und dämlich«, antwortete Susanna. »Obwohl Bruno vom Fach ist, aber dagegen kann er nichts machen.«

»Außer heiraten«, vermutete ich scharfsinnig.

»Genau«, sagte Susanna glücklich. Vor nicht allzu langer Zeit noch war sie das schwarze Schaf unserer Sippe gewesen, mit blauen Haarsträhnen und irrsinnig flippigen Klamotten, Ohrläppchen und Nase siebenfach gepierct, brachte sie Farbe in jedes Familienfoto. Auch ihre Männergeschichten, in denen langhaarige Typen mit verschlissenen Lederjacken und No Future-Aufnähern oder aber verheiratete Mittfünfziger mit Mercedes-Coupé und Siegelringen die Hauptrolle spielten, waren legendär. Von meiner Mutter und meinen Tanten, einschließlich ihrer eigenen Mutter, wurde Susanna sprichwörtlich als warnendes Beispiel angeführt, und gerade deshalb war sie mein großes Vorbild. Damit war schlagartig Schluss, als Bruno in ihr Leben trat, zugegebenermaßen zu einem für ihn äußerst günstigen Zeitpunkt. Susannas Studenten-WG hatte sich aufgelöst, und ihr war von zu Hause der Geldhahn zugedreht worden. Dieses verschärfte materielle Sicherheitsmanko führte dazu, dass Susanna noch am Tag des Kennenlernens bei Bruno einzog, sehr zur Freude der Familie, aber zum Schaden meiner Hochachtung. Bruno war weder verheiratet noch langhaarig, sondern ein mondgesichtiger Steuerberater mit hektischen Flecken und einem Kassengestell aus dem Versandhauskatalog, der in seiner Freizeit ausschließlich Leserbriefe verfasste, in denen er seine Rechte als Bürger gegen alles und jeden verteidigte. Er hatte sich bereits in jungen Jahren ein Haus gekauft, das er von nun an mit meiner Cousine teilte. Dafür schmiss sie ihr Studium, entfernte alle Ringe aus Ohren und Nase und lernte nicht nur, Brunos pflegeleichte Polyesterhemden zu bügeln, sondern auch seine Lebensweise ganz und gar zu verinnerlichen.

»Das macht fast sechshundert Mark im Monat aus, wenn ich demnächst nur noch auf Fünfhundertneunzig-Mark-Basis für die Kanzlei arbeite und Bruno mir die Differenz so gibt«, erklärte sie mir flüssig. »Außerdem bekommen wir mehr Bauförderungsgeld, wenn wir jetzt den Dachboden ausbauen. Und auch sonst stehen wir uns viel günstiger. Bruno sagt, er hat dem Staat jetzt lange genug Geld in den Hintern geschoben, jetzt wird endlich geheiratet. Ich bin ja so glücklich.«

»Das ist schön«, sagte ich mit leisem Schaudern.

»Ich bekomme ein Brautkleid von Gitti Geiger für zweitausendfünfhundert Mark«, fuhr Susanna fort. »Das hängt schon seit einem Jahr in einem Schaufenster, an dem ich jeden Tag vorbeikomme, und immer hab' ich mir gewünscht, es wär' mein Kleid. Ich werd's von meinem eigenen Geld kaufen. Es soll eine Überraschung werden, denn Bruno sagt, ich soll was holen, das man später auch noch tragen kann. Aber schließlich heiratet man nur einmal, oder was meinst du?«

Ich stimmte ihr zu. Obwohl in ihrem speziellen Fall keinmal besser gewesen wäre.

Meiner Mutter kamen die Tränen.

»Dein Vater hätte das sicher gerne miterlebt«, sagte sie, und da weinte ich auch ein bisschen. Mein Vater war vor fünf Jahren gestorben. Er hatte Alex niemals kennen gelernt.

»Aber er hätte ihn gemocht«, schluchzte ich.

»Ja, das hätte er sicher«, sagte meine Mutter und tätschelte mir den Rücken. Oberhalb der Hüfte kniff sie mir ins Fleisch. »Sieh aber zu, dass du bis zur Hochzeit noch ein, zwei Kilochen abnimmst, Kind.«

Kassandra war wie üblich nicht besonders überrascht. Ich traf sie bei den Mülleimern vor dem Haus.

»Und, habt ihr euch wieder vertragen?«, wollte sie wissen.

»Ja«, sagte ich. »Mehr als das.«

»Ich habe euch auch alle meine gute Energie rübergeschickt«, sagte sie. »Das konnte gar nicht schief gehen. Aber du solltest noch mal kommen, wegen der restlichen Karten, die ich noch nicht gedeutet habe.«

»Ach«, sagte ich verlegen. Bei Alex und mir lief alles bestens, da wollte ich mich nicht mit negativen Prophezeiungen belasten.

»Es gibt auch eine Neuigkeit«, sagte ich ablenkend.

»Das habe ich mir gleich gedacht«, erwiderte Kassandra. »Du weißt ja, was für eine starke Intuition ich habe. Es hat etwas mit deinem Job zu tun, stimmt's?«

»Nein«, sagte ich. »Viel besser. Alex und ich werden heiraten.«

»Sag' ich ja, habe ich mir gleich gedacht«, wiederholte Kassandra unbeirrt.

Alex' Mutter freute sich ebenfalls.

»Ich liebe große Feste«, sagte sie.

»Es soll kein großes Fest werden«, erklärte Alex und hielt meine Hand. »Wir wollen das Ganze im kleinen Rahmen feiern, nur mit den engsten Verwandten und Freunden. Kein Jahrhundertereignis.«

»Das ist ja eure Sache«, sagte seine Mutter und sah kein bisschen enttäuscht aus. Sie war eine gut aussehende Frau mit gepflegten blonden Strähnchen, sonnenbankgebräunter Haut und fast jugendlicher Figur. Niemand, der sie kennen lernte, hätte ihr erwachsene Kinder zugetraut, geschweige denn Enkelkinder. Alex und sein Bruder Christoph nannten sie nicht Mama oder Mutter, sondern Hilde, und das machte sie gleich noch ein paar Jahre jünger.

»Soll es denn eine Hochzeit in Weiß werden?«, fragte sie.

Ich errötete leicht. »Ja, schon. Aber etwas ganz Schlichtes.«

Hilde nickte. »Für so ein richtiges Brautkleid bist du ja auch nicht der Typ. Die Anja, die hat ja schnuckelig ausgesehen in ihrem reizenden Kleidchen. Aber die hat auch die Figur dafür.«

Ich schluckte und drückte Alex' Hand ganz fest. Anja war die Frau seines Bruders. Die beiden hatten vor drei Jahren geheiratet und im letzten Monat bereits das zweite Kind bekommen. Weder das Brautkleid noch Anjas Figur waren mir als besonders reizend in Erinnerung geblieben. Alex sah das Gott sei Dank genauso.

»Ich bin froh, dass Elisabeth nicht den gleichen Geschmack hat wie Anja«, sagte er lachend. »Und sie würde auch in einem Müllsack noch besser aussehen als Anja.«

Ich drückte wieder seine Hand, diesmal aus Dankbarkeit. Immer hielt er zu mir.

»Na«, sagte Hilde fröhlich. »Geschmäcker sind eben verschieden. Die einen mögen rauschende Feste, die anderen bescheidene Feiern. Aber so oder so wird es eine Menge Arbeit geben. Gästelisten, Räumlichkeiten, Kirche, Pfarrer, Kleid, Einladungen – egal, wie klein eine Hochzeitsfeier ist, so was macht immer Mühe. Wann, hattet ihr denn gedacht, soll sie stattfinden?«

»Im Mai«, sagte ich. »Wenn die Kirschbäume blühen.«

»Schon im Mai?«, rief Hilde aus und verlor vorübergehend die Contenance. »Das könnt ihr aber vergessen! So schnell kann man das nicht organisieren. Allein die Einladungen müssen drei Monate vorher verschickt werden. Und bis es soweit ist, müssen die Räumlichkeiten stehen, der Termin mit dem Pfarrer und dem Standesamt abgesprochen sein, und so weiter und so weiter.«

»Ich dachte, wir feiern bei meiner Mutter im Garten«, sagte ich. »Unter den Kirschbäumen am Teich, ganz unkompliziert.«

»Im Garten? Und wenn es regnet?«, rief Alex' Mutter entsetzt.

»Die paar Leute passen auch in den Wintergarten. Den könnte man sehr hübsch dekorieren.«

»Nun«, sagte Hilde und musterte mich streng. »Ich kenne den Wintergarten deiner Mutter nicht, aber ich kann mir nicht vorstellen, dass darin eine Hochzeitsfeier stattfinden kann. Wenn ich denke, wie zahlreich allein Alexanders Familie ist.«

»Nur die engsten Verwandten«, erinnerte Alex sie.

Hilde hatte sich wieder gefangen und lächelte überlegen. »Gottchen, Kinder, ich glaube, die Sache geht ihr ein wenig zu blauäugig an. Die engsten Verwandten, was soll denn das heißen? Eltern und Geschwister – und sonst niemand?«

»Genau«, sagte ich. »Und unsere Freunde, natürlich.«

»Und was ist mit Tante Selma?«, fragte Hilde und sah Alex prüfend an. »Sie ist deine Patentante.«

»Nur Eltern und Geschwister«, sagte Alex. »So hatten wir das besprochen, Elisabeth und ich.«

»Aber Selma wäre zutiefst gekränkt, das weißt du doch. Wo sie doch jetzt auch wieder so krank ist. Unterleibskrebs, schon zum dritten Mal. Diesmal sieht es gar nicht gut aus, sagt Paula.«

Alex schüttelte nur den Kopf, aber mir tat Tante Selma leid. Ich sagte: »Ja, dann soll sie halt kommen.« An einer Person mehr oder weniger sollte es nicht liegen. Und vielleicht war sie bis dahin schon verstorben.

Hilde lächelte verhalten. »Wenn Selma kommt, dann könnt ihr Paula nicht übergehen. Die wohnen ja in einem Haus. Und als Kind mochtest du deine Tanta Paula immer lieber als Selma.«

»Nee, siehst du, so fängt es an«, sagte Alex. »Wir wussten schon, warum wir das ausgemacht hatten. Erst sind es nur Tante Selma und Tante Paula, aber die bringen natürlich Onkel Heinz und Onkel Friedhelm mit, und womöglich noch diese kläffende Schlabberbacke von Boxer. Es bleibt dabei: Eltern und Geschwister, und damit hat es sich.«

Ich drückte wieder seine Hand. Er hatte so eine souveräne Art, sich durchzusetzen.

»Und was ist mit deinem Cousin Jens?« Hilde gab sich noch nicht geschlagen. »Ihr beide wart letztes Jahr auf seiner Hochzeit und habt dort im Hotel übernachtet. Für umsonst! Den Jens könnt ihr jetzt nicht übergehen.«

Alex seufzte. »Es sollte einfach eine kleine, nette Feier werden, im engsten Kreis. Ganz unspektakulär.«

»Eine Hochzeit ist niemals unspektakulär«, belehrte uns Hilde.

Dann fiel ihr etwas ein. »Weiß dein Vater schon Bescheid?«

Ich spürte, dass Alex' Hand in meiner zusammenzuckte, aber seine Stimme war ganz ruhig, als er antwortete: »Wir sind am Freitag zum Abendessen eingeladen. Dann werden wir es ihm sagen.«

»Er wird stinksauer sein, wenn ihr seinen Freund Hugo nicht einladet«, prophezeite Hilde, die sich vor zehn Jahren von Alex' Vater getrennt hatte, weil er ständig stinksauer gewesen war. »Bei Christoph hat Onkel Hugo sogar die Trauung vollzogen.«

»Aber Hugo ist katholischer Priester«, sagte Alex. »Elisabeth und ich lassen uns evangelisch trauen.«

»Wie bitte? Aber warum? Du bist nicht evangelisch!«

»Nein, aber Elisabeth ist evangelisch. Und mir ist es vollkommen egal. Ich hatte eh nie was am Hut mit Kirche, weißt du doch.«

»Ich ja auch nicht«, sagte Hilde. »Aber dein Vater wird toben, wenn er das erfährt.«

Wieder bebte Alex' Hand in meiner. Ich drückte sie beruhigend.

»Das ist uns egal«, sagte ich zu Hilde. »Es ist unsere Hochzeit, und da lassen wir uns von niemandem reinreden.« Auch nicht von dir, setzte ich in Gedanken hinzu. Ich weiß, dass du unserer Beziehung schaden willst, eiskalt und berechnend, wie du nun mal bist, das hat Kassandra in den Karten gelesen.

»Natürlich nicht«, sagte Alex' Mutter überraschend friedfertig. »Ich wäre der letzte Mensch, der sich einmischen würde.«

»Mai geht nicht«, sagte Horst, Alex' Vater. Er war ein großer, kräftiger Mann mit vollem, grauem Haar, gesunder Gesichtsfarbe und wasserblauen, sehr hellen Augen.

Zwischen seinen großen, etwas vorstehenden Zähnen zermalmte er das Schweinefilet so weit vorne, dass man sah, wie das Fleischstück zuerst in Fasern und dann in graubräunlichen Brei verwandelt wurde.

Ich starrte auf meinen Teller. Zum Schweinefilet gab es Kartoffeln und Fenchelgemüse. Ich konnte Fenchelgemüse nicht ausstehen. Nur Kartoffeln und Fleisch für mich, bitte, hatte ich gesagt, aber Horst hatte mir trotzdem Fenchel auf den Teller geschaufelt. Bei ihm musste gegessen werden, was auf den Tisch kam. Demonstrativ schob ich das Gemüse auf die Seite, penibel entfernte ich mit der Gabel einzelne blassgrüne Fasern von den Kartoffeln. Horst registrierte mein Tun mit missmutigen Blicken. Er hielt mich für schlecht erzogen.

»Im Mai geht es nicht«, wiederholte er streng. »Da wollten wir zum Golfen nach Portugal, Sylvia und ich.«

Sylvia war seine zweite Frau, mit der er in dem Haus lebte, das er zuvor fünfundzwanzig Jahre lang mit Alex' Mutter bewohnt hatte. Alex sagte, dass sich überhaupt nichts am Haus geändert habe in dieser Zeit. Dieselben Möbel, dieselben Vorhänge, dieselben Bilder an der Wand. Hilde hatte nichts davon mitgenommen, was ich gut verstehen konnte. Die neue Frau von Horst, Sylvia, hatte offenbar nicht das geringste Bedürfnis, dem Haus ein persönliches Gepräge zu verleihen. Sie begnügte sich damit, frische Blumen in Hildes alten Keramikvasen zu arrangieren. Alex' Vater war das nur recht. Ihm waren Veränderungen jeder Art zuwider.

»Wir hatten aber den Mai ins Auge gefasst«, sagte Alex.

»Unser Portugalurlaub ist jetzt schon monatelang im Gespräch«, sagte Horst. »Ihr könnt genauso gut im Juni heiraten.«

Ich schob mir die ganze Kartoffel in den Mund und drückte sie mit der Zunge an den Gaumen. Horst und Sylvia waren schon in Rente, sie hatten im Grunde das ganze Jahr über Urlaub. Wenn sie denn partout im Mai Urlaub machen wollten, dann waren sie eben bei unserer Hochzeit nicht dabei. Ich konnte mir Schlimmeres vorstellen. Gespannt sah ich zu Alex hinüber, aber er hatte auch den Mund voll.

»Als Carola geheiratet hat, da hat sie uns vorher gefragt, welcher Termin uns recht ist«, sagte Horst. Carola war Sylvias Tochter aus erster Ehe. Als ihr Name fiel, blickte Sylvia von ihrem Teller auf.

»Ja«, sagte sie. »Das war eine schöne Hochzeit. Auch im Juni.«

»Seht ihr«, sagte Horst.

Alex sagte immer noch nichts. Dann musste ich das eben übernehmen. Etwas heftig legte ich das Besteck auf meinem Teller ab.

»Im Juni geht es bei uns nicht«, sagte ich aggressiv.

Horst zog eine Augenbraue hoch und sah mich durchdringend an. Ich erwiderte seinen Blick mit leicht zusammengekniffenen Augen.

»Und warum nicht?«, fragte Horst schließlich.

»Da haben wir andere Termine«, entgegnete ich knapp.

Alex nickte immerhin. Horst faltete seine Serviette zusammen und schwieg mit zusammengepressten Lippen. Sylvia legte ihre Hand auf seinen Arm.

»Vielleicht können wir den Urlaub verschieben«, sagte sie. »Es ist ja noch nichts gebucht.«

Der Urlaub war noch nicht mal gebucht! Schade eigentlich.

»Nach Mai wird es dort unten zu heiß«, sagte Horst

mürrisch. »Da ist das letzte Wort noch nicht gesprochen.«

Mit einem leisen Seufzer begann Sylvia, den Tisch abzuräumen, und ich half ihr dabei. Alex und Horst blieben am Tisch zurück und schwiegen beide.

»Ihr habt ihn sehr gekränkt«, sagte Sylvia in der Küche. »Er ist so sensibel.«

»Er ist einfach nur schnell beleidigt, wenn etwas nicht nach seinem Willen geht«, sagte ich.

Sylvia sagte nichts mehr.

Auf dem Heimweg machte ich Alex Vorwürfe, weil er mir das Reden überlassen hatte, anstatt selber das Wort zu ergreifen.

»Aber du hast es ihm doch deutlich genug gegeben«, sagte er.

»Horst ist dein Vater, nicht meiner«, erwiderte ich.

Alex seufzte. »Eben deshalb. Du hast ihn nicht erlebt, als du klein warst. Jedes Mal, wenn er diesen vorwurfsvollen Blick draufhat und diesen ganz bestimmten Tonfall, fühle ich mich wieder wie der kleine Junge, der mit schlechten Zensuren nach Hause gekommen ist.«

»Aber du bist kein kleiner Junge«, rief ich. »Du bist ein Mann, erwachsen und erfolgreich, denk nur an dein Karlsruher Projekt. Außerdem bist du klug und sensibel, zielstrebig und so was von sexy …«

Der Wagen brach plötzlich nach links aus. Alex lenkte ihn auf einen Wanderparkplatz.

»Findest du das wirklich?«

»Ja«, sagte ich. »Ich kenne niemanden, der toller ist als du.«

Alex stellte den Motor ab. »Sag das noch mal«, forderte er.

»Ich liebe dich«, sagte ich und küsste ihn. »Weißt du, dass wir noch nie Sex im Auto hatten?«

»Ich bin auf alles vorbereitet«, erwiderte Alex. Mit seiner freien Hand griff er ins Handschuhfach und holte eine Schachtel Kondome heraus. Ich fragte mich eine Sekunde lang, warum er sie dort aufbewahrte, aber dann dachte ich an gar nichts mehr.

Erst Minuten später kam ich wieder zu Bewusstsein. Die Handbremse stach mir in den Rücken. Mein linker Fuß war eingeschlafen, der rechte hatte sich im Zigarettenanzünder verkeilt. Ein Abdruck des Sendesuchknopfes vom Autoradio würde für immer und ewig in meinen Unterarm eingraviert sein. Die Unterhose bildete eine Art Fessel zwischen meinen Knien, und ich ächzte erleichtert, als Alex sich hinüber auf den Fahrersitz hievte.

»Äh, ja«, sagte ich. »Das war schön. Obwohl, im Bett ist es irgendwie bequemer.«

Alex starrte angestrengt an sich hinab.

»Ach du Scheiße«, sagte er.

»Was denn?«

»Das Kondom ist gerissen.«

Ich schaltete die Innenbeleuchtung ein und starrte ebenfalls zwischen seine Beine.

»Oh, nein«, stöhnte ich.

»Heute ist der zehnte Tag«, sagte Alex mit Grabesstimme. »Die Wahrscheinlichkeit einer Schwangerschaft beträgt dreißig Prozent, mindestens.«

Und wenn schon! Meine Sorge galt etwas anderem.

»Was tun wir, wenn etwas von dem Kondom in mir stecken geblieben ist?«, rief ich angstvoll. »Oh, Gott, an so was kann man bestimmt sterben.«

Alex legte das zerrissene Kondom auf der Ablage sorgfältig zusammen. Ich sah nicht hin.

»Da fehlt nicht ein Fitzelchen«, beruhigte er mich. »Alles noch da.«

Ich riskierte einen Blick auf das unappetitliche Puzzle auf der Ablage und beschloss, Alex zu glauben.

HANNA HATTE ROTE Augen und dicke, geschwollene Lider.

»Den ganzen Samstag habe ich bei Heiko vor der Tür gestanden«, sagte sie. »In dem Auto meiner Schwester, mit Sonnenbrille und Zeitung.«

»Nein!«, sagte ich.

»Findest du das schäbig? Sicher findest du das. Es ist ja auch so was von erniedrigend.«

»Aber nein!«, rief ich entsetzt.

»Doch«, sagte Hanna. Sie flüsterte plötzlich. »Es war so was von erniedrigend. Von zehn bis drei Uhr nachmittags hat sich überhaupt nichts getan. Ich habe Radio gehört und meinen Proviant verzehrt. Ich kam mir so was von blöde vor.«

Sie legte ein kleines Notizbuch aufgeschlagen vor sich auf den Schreibtisch. Ihre Stimme wurde noch leiser. »Um fünfzehn Uhr dreiunddreißig betrat eine Blondine das Haus, und um fünfzehn Uhr vierundfünfzig kam sie mit Heiko am Arm wieder heraus.«

»O mein Gott«, sagte ich ebenfalls flüsternd. »Und wo sind sie hingegangen?«

»Weiß ich doch nicht«, sagte Hanna, plötzlich in normaler Lautstärke. »Meinst du, ich hätte auch noch eine Verfolgungsjagd mit dem Auto riskiert? Nein, ich habe gewartet, bis sie wiederkamen. Um siebzehn Uhr dreiundvierzig betraten sie das Haus erneut, und diesmal küssten sie sich auf dem Weg vom Auto bis zur Haustür dreimal. Dabei habe ich gesehen, dass es keine echte Blondine war. Sie hatte einen dunklen Haaransatz.«

»Und dann?«

»Dann blieben sie im Haus.« Sie blickte wieder auf ihre Aufzeichnungen. »Um siebzehn Uhr sechsundfünfzig ging das Licht in der Küche an, um achtzehn Uhr vierzig ging es wieder aus.«

»Ja und?«

»Um zweiundzwanzig Uhr drei bin ich gefahren. Es war kalt, und im Grunde wusste ich ja auch, was ich wissen wollte.«

»Warum bist du nicht in die Wohnung gestürmt und hast ihm eine Kugel in die Brust geschossen?«, fragte ich.

Hanna grinste auf. »Erstens hatte ich keinen Schlüssel und zweitens keine Pistole. Außerdem wollte ich nur nach Hause ins Bett.«

Ich beugte mich vor und streichelte ihre Hand. »Tut mir Leid, wenn ich daran gezweifelt habe. Heiko ist wirklich ein Arsch. Er hat so was Tolles wie dich gar nicht verdient.«

»Weiß ich ja auch«, sagte Hanna, und ihre Augen wurden feucht. »Aber das Schlimmste weißt du ja noch gar nicht. Ich habe das ganze Wochenende darüber nachgedacht, wie ich Heiko das heimzahlen soll. Ich meine, wirklich heimzahlen! Ich wollte die Beziehung mit Stil beenden, und zwar so, dass er es im Leben nicht vergessen und mir auf ewig nachtrauern würde. Die allerschönsten Ideen hatte ich, wirklich. Ich wollte wenigstens sagen, ich hätte einen anderen, viel tolleren Mann kennen gelernt, der all das habe, was er nicht habe. Das hätte ihm garantiert das Herz gebrochen, eitel wie er ist.«

Sie machte eine kurze Pause. »Aber dann, Sonntagnachmittag, stand er auf einmal vor der Tür. Mit sooo einem langen Gesicht. Er müsse mit mir reden, sagte er. Und ehe ich überhaupt selber aktiv werden konnte, gestand er mir, sich in eine andere Frau verliebt zu haben.«

»O nein«, sagte ich mitleidig.

»Er wolle mir nicht weh tun, hat er gesagt, aber unter diesen Umständen wäre es doch besser, unsere Beziehung zu beenden. Katrin, so heißt seine Neue, wäre für Offenheit und Ehrlichkeit, sie würde mir sicher gefallen, wenn ich sie kennen lernte. Und ich habe immer noch nichts gesagt, die ganze Zeit über nicht ein Wort.«

»Aber du hast nach der Pfanne gegriffen?«, fragte ich hoffnungsvoll.

»Nein, dazu hatte ich keine Gelegenheit mehr. Heiko hatte keine Zeit. Katrin wartete unten im Wagen, sie wollten gemeinsam zu seinen Eltern fahren. Bei Gelegenheit würde er anrufen, hat er gesagt, und dann war er auch schon aus der Tür. Ich habe vierzehn Stunden ununterbrochen geheult, wie man ja wohl sieht. Tja, so viel dazu.« Sie presste sich ein Erfrischungstuch auf die Augen. »Und wie war dein Wochenende?«

»Möglicherweise bin ich schwanger«, sagte ich.

»Wie viel Tage über die Zeit?«, wollte Hanna wissen.

»Noch keinen«, sagte ich. »Heute ist der achtundzwanzigste Tag. Aber ich fühle mich so seltsam.«

»Weil Dienstag ist«, sagte Hanna beruhigend, »und deine Mütter jeden Augenblick ihre Bälger um die Ecke schieben.«

»Das ist es nicht«, widersprach ich und dachte an das geplatzte Kondom, das Kondom des Grauens. »Stiftung Warentest sehr gut, stell dir das mal vor.«

Hanna, die sich die Geschichte schon ein paar Mal hatte anhören müssen, kicherte ein wenig. »Ich kann das immer noch nicht glauben. Ihr müsst Unerhörtes damit angestellt haben, wenn man sich überlegt, welch unglaublich harten Tests diese Dinger unterzogen werden. Vom TÜV.«

»Und das von unseren Steuergeldern. Die kaufe ich jedenfalls nicht mehr«, sagte ich und erhob mich. Den Müttern der ersten Gruppe hatte das Klopapierrollenmobile einer anderen Kindergruppe beim letzten Mal so sehr imponiert, dass sie es nun selber basteln wollten. Ich hatte eigentlich vorgehabt, völlig ungiftige, essbare Fingerfarbe mit ihnen herzustellen und mit ätherischen Ölen zu parfümieren. Die Kinder hätten gemäß einem pädagogisch erprobten Konzept im mollig warm geheizten Raum unbekleidet, beziehungsweise aus hygienischen Gründen immerhin mit einer Windel angetan, herumlaufen können und sich völlig frei und ungehemmt den Farben widmen sollen, die nachweislich keinerlei Spuren auf der Haut hinterließen. Obwohl ich mein Vorhaben mit den wärmsten Worten angepriesen hatte, bestand die Gruppe auf dem Klopapierrollenmobile. Weil es die letzte Stunde vor den Weihnachtsferien war, wollte ich ihnen diesen Wunsch nicht verwehren. Ich stellte Klebstoff zusammen mit Bastelscheren, Wollresten und Klopapierrollen aus den unerschöpflichen Kisten mit Bastelmaterial auf dem Tisch bereit. Dabei nahm ich mir fest vor, meinem Kind so etwas Grauenhaftes niemals zuzumuten.

Nach und nach trudelten die Mütter ein. Sie stellten ihre Kinderwagen im Gang ab, schleppten Babys und Taschen voller Windeln und Bananen herein und grüßten zögernd. Ich grüßte freundlich zurück. Es war schließlich die letzte Stunde vor den Ferien.

»Heute werden wir das Blitzlicht vorziehen«, sagte ich und meinte die wöchentliche Gesprächsrunde. »Weil wir ja basteln wollen.«

Mit Schwung deutete ich hinter mich auf die Stelle, an der das Mobile von der Decke herabbaumelte. Die Mütter starrten mit offenem Mund nach oben. Ich folgte ihrem Blick – und zuckte erschreckt zusammen.

Das Klopapierrollenkunstwerk war verschwunden. Stattdessen hing jetzt dort eine Art Raupe aus Bierdeckeln. Sie war mit Wasserfarben grün angemalt und hatte viele kleine Füßchen aus roter Tonpappe.

»Wie süüüüß«, riefen die Mütter aus.

»Was für eine goldige Idee«, sagte Maike lobend. »Na, Annabell, gefällt dir die Raupe?«

Annabell sagte natürlich gar nichts.

»Die ist viel süßer als das Mobile«, antworteten die Mütter an ihrer Stelle. Ich stellte mich unauffällig so hin, dass ich die bereitgestellten Klopapierrollen mit meinem Rücken verdeckte.

Maike sah mich wohlwollend an. »Ich denke, ich spreche im Namen aller, wenn ich dir ein Kompliment ausspreche. Die Raupe ist viel kindgemäßer als das Mobile. Goldig.«

»Dachte ich's mir doch«, sagte ich. Von Bierdeckeln hatten wir ebenfalls einen unerschöpflichen Vorrat in den Kisten mit wertfreiem Material. Und rote Tonpappe hatten wir auch noch. »Wer aber trotzdem lieber mit Klopapierrollen basteln möchte, für den habe ich auch das bereitgestellt«, setzte ich raffinierterweise noch hinzu.

»Goldig«, wiederholte Maike. Auch die anderen Mütter bedachten mich mit anerkennenden Blicken.

Mir wurde ganz warm ums Herz.

»Ich bin ganz bestimmt schwanger«, sagte ich anschließend zu Hanna. »Wenn selbst diese widerwärtigen Mütter in mir keine Aggressionen mehr auslösen.«

Hanna fand das allerdings auch bedenklich.

»Vielleicht besorgen wir uns einen Schwangerschaftstest in der Apotheke«, schlug sie vor. »Ich springe gleich mal rüber, wenn du deine zweite Gruppe hast.«

Zögernd willigte ich ein.

»Ich wusste sofort, dass ich schwanger war«, sagte Angela aus der zweiten Gruppe, als wir kaffeetrinkenderweise um den Tisch herum saßen. »Im selben Augenblick.«

»Woran hast du es gemerkt?«, fragte ich schüchtern.

»Das war so ein Gefühl«, antwortete Angela vage. »Ich habe eine halbe Flasche Rotwein getrunken und heiß gebadet, aber das hat auch nichts mehr geholfen. Gott sei Dank«, setzte sie hastig hinzu und warf einen Blick hinüber zu ihrem Sohn.

Ich horchte nachdenklich in mich hinein. Da waren eine Menge Gefühle, aber ich wusste nicht so recht, was ich damit anfangen sollte.

»Sicher bin ich schwanger«, sagte ich zu Hanna, die schon viel weniger verschwollen aussah.

»Das werden wir gleich wissen«, erwiderte sie und hielt mir den Schwangerschaftstest aus der Apotheke hin. »Du musst darauf pinkeln, ein paar Minuten warten – und schon weißt du Bescheid. Und ich auch.«

Ich riss die Verpackung auf und studierte die Gebrauchsanweisung.

»Meinst du, Alex wird sich freuen?«

Hanna zuckte mit den Schultern. »Möglich«, sagte sie.

»Bestimmt wird er sich freuen«, sagte ich und rannte aufs Klo. Mit dem Teststäbchen in der Hand hockte ich mich über die Brille. Und da sah ich es: In meinem cremefarbenen Seidenhöschen war ein roter Blutfleck. Ich warf den Schwangerschaftstest in den Behälter für Damenbinden und wusste nicht, ob ich mich freuen sollte oder nicht. Es war mein allerbestes Höschen.

»Es ist besser so«, sagte Hanna. »Dann bist du bei deiner Hochzeit nicht schwanger.«

»Ja«, sagte ich. »Das wäre wirklich blöd gewesen.«

Erst kurz vor Feierabend fiel mir ein, dass Alex heute Nacht nicht nach Hause kommen konnte, um das glückliche Ereignis mit mir zu feiern. Die Bauarbeiten an seinem Großprojekt in Karlsruhe hatten gestern begonnen, und Alex überwachte jeden Spatenstich. Um morgens vor sieben vor Ort sein zu können, übernachtete er dort im Hotel.

Ich sah auf die Uhr. Um diese Zeit würde ich ihn noch im Auto über Mobilfunk erreichen. Ich wartete, bis Hanna nach Hause gegangen war, bevor ich seine Nummer wählte. Diese Gespräche waren saumäßig teuer, und nicht mal Hanna sollte wissen, dass ich sie auf Kosten des Betriebes führte.

»Hallo«, sagte eine weibliche Stimme am anderen Ende der Leitung.

»Wer ist da?«

»Tanja Breuer, hallo. Wen möchten Sie bitte sprechen?«

»Meinen – äh – Alexander Baum«, stotterte ich. Tanja Breuer, die blonde Praktikantin. Was hatte sie in Alex' Auto zu suchen?

»Ach, Sie sind das«, sagte sie. »Einen Augenblick bitte. Ich muss ihn erst suchen.«

Es dauerte mindestens dreißig Sekunden, bis Alex am Apparat war. Viel später, nach dem großen Knall, fragte mich Hanna einmal, was ich in diesen dreißig Sekunden denn gedacht habe, und ich antwortete ihr, ich habe gar nichts dabei gedacht. Und das war die reine Wahrheit.

»Alexander Baum?«

»Du kannst dich freuen.«

»Worüber?«

»Erinnerst du dich an unsere Autonummer?«, fragte ich.

»Ja, natürlich«, sagte Alex prompt. »GL-HP 310. Warum?«

Ich lachte mich halb tot. »Diese Nummer meine ich doch nicht«, gackerte ich in den Hörer. »Ich meine, die heiße Nummer auf dem Parkplatz an der Landstraße, in der Neumondnacht vor drei Wochen.«

»Oh, diese Nummer«, sagte Alex. »Ja, an die erinnere ich mich auch. Ich habe jetzt noch blaue Flecken davon.«

»Aber ansonsten ist der Abend folgenlos geblieben«, sagte ich.

Alex seufzte hörbar. »Gut.«

»Was hat eure Praktikantin eigentlich an deinem Telefon zu suchen?«

»Wir sind noch auf der Baustelle. Tanja trägt das Handy für mich und hält mir lästige Anrufer vom Leib.«

»Wie nett«, sagte ich. »Schläft sie auch im gleichen Hotel wie du?«

»Nein«, antwortete Alex. »Sie fährt heute Abend nach Hause. Obwohl ich mit ihr so nett über dich plaudern kann. Tanja weiß schon alles über dich, aber mir fällt immer noch etwas ein. Ich werd' dich heute Nacht vermissen.«

»Und ich erst«, sagte ich sehnsüchtig.

»Ich rufe dich nachher vom Hotel aus an, und wir machen wilden Telefonsex«, schlug Alex vor. »Die ganze Nacht.«

»Hier steht, dass die Frau, die ihren Mann mit dem elektrischen Fleischmesser kastriert hat, freigesprochen wurde«, sagte Hanna am nächsten Morgen und tippte mit der Hand auf eine Zeitungsnotiz. »Meinst du, die Dinger sind teuer?«

»Was für Dinger?«, fragte ich gedankenverloren und seufzte schwer. »Ach, Hanna, ich vermisse Alex so sehr. Es war schrecklich gestern Nacht so allein in dem großen Bett, obwohl wir zwei Stunden miteinander telefoniert haben. Ich weiß nicht, wie du das ausgehalten hast, die ganze Woche von Heiko getrennt zu sein. Oh, entschuldige bitte, ich wollte dich nicht daran erinnern.«

Hanna sah immer noch in die Zeitung. »Hier steht, der Ehemann hat sich das Teil wieder annähen lassen, und er behauptet, es ist wieder voll funktionsfähig. Glaubst du das? Ich schätze, das hätte er nur gern.«

Als ich nicht antwortete, schüttelte sie den Kopf. »Am besten ist, wenn man es gleich in der Toilette runterspült, dann kann es niemals wieder angenäht werden.«

»Du bist eklig«, sagte ich.

»Ich?« Hanna ärgerte sich sichtlich. »Ich leide unter gebrochenem Herzen. Neun Jahre Beziehungskiste verwindet man nicht in zwei Tagen, schon gar nicht, wenn man seine besten Jahre einem Schweinehund geopfert hat, für den Kastration noch viel zu gut wäre.«

»Entschuldigung«, sagte ich. »Ich denke immer nur an mich.«

»Du bist verliebt, romantisch und naiv«, sagte Hanna. »So war ich auch mal, bevor ich die wahre Natur des Mannes durchschaut habe.«

»Hm, hm«, räusperte sich jemand von der Seite. Hanna und ich fuhren erschreckt zusammen. In der offenen Tür stand eine junge Frau im braunen Wintermantel und lächelte verhalten. Sie musste sich hereingeschlichen haben wie eine Katze.

»Womit können wir Ihnen weiterhelfen?«, fragte Hanna.

»Sind Sie Frau Jensen?«

»Nein, das ist sie.« Hanna zeigte auf mich.

Die Frau strich sich eine glänzende blonde Haarsträhne hinters Ohr und musterte mich gründlich. Ihr Blick glitt langsam über mein Gesicht, meinen Oberkörper hinab, seitwärts über die Schreibtischplatte und wieder zurück zu meinem Gesicht.

Mir blieb nichts anderes übrig, als zurückzustarren. Sie war höchstens zweiundzwanzig, mit rosiger, glatter Gesichtshaut, babyblauen Augen und einer kleinen, an der Spitze ein wenig nach oben gebogenen Nase.

»Sie wollten zu mir?«, fragte ich schließlich.

»Ja«, antwortete das Mädchen ernst, aber dann lächelte es ganz plötzlich. Dabei kam eine Reihe winzigkleiner Perlzähnchen zum Vorschein. »Das heißt, ich komme wegen eines Kurses.«

»Um welchen Kurs handelt es sich denn?«

»Mutter und Kind. Sie machen doch Mutter-und-Kind-Kurse, oder?«

»Ja, das ist richtig. Möchten Sie sich anmelden?«

Das Mädchen zeigte wieder ihre Zähne. »Anmelden? Ja, warum nicht?«

Ich warf Hanna einen vielsagenden Blick zu. Wieder

so eine psychopathische Mutter, hieß das. Hanna zwinkerte mir zu.

Ich nahm ein Anmeldeformular aus der Schublade und legte es vor mich hin. »Unsere Kontaktkreise sind zurzeit voll belegt, aber ich werde Sie auf die Warteliste setzen. Wenn ein Platz frei wird, werden Sie angeschrieben«, erklärte ich. »Wie alt ist denn Ihr Kind?«

»Wie alt?« Sie machte eine kurze Pause, dann kicherte sie, als hätte ich einen guten Witz erzählt. »Im Grunde ist es noch nicht geboren.«

Ich warf wieder einen Blick zu Hanna hinüber. Die Frau war ganz klar verrückt. Gleich um die Ecke war eine psychotherapeutische Tagesklinik. Vermutlich war sie dort Patientin und machte gerade einen kleinen Spaziergang zwischen zwei Sitzungen. Hoffentlich war sie eine von der harmlosen Sorte.

»Dann ist es für eine Anmeldung ohnehin zu früh«, sagte ich nachsichtig lächelnd und legte das Anmeldeformular zurück in die Schublade, ganz langsam, ohne hastige Bewegungen.

»Ich weiß nicht mal, ob ich überhaupt schwanger bin«, sagte die Verrückte. »Stellen Sie sich das mal vor.«

Hanna räusperte sich. »Sie sind ja noch jung«, sagte sie. »Sie haben Zeit genug.«

»Alexander«, sagte das Mädchen. »So würde ich mein Kind nennen. Nach seinem Papa, verstehen Sie?«

»Wie gesagt, für eine Anmeldung ist es noch zu früh«, wiederholte ich.

Die Frau beugte sich vor und stützte sich mit beiden Händen auf meinem Schreibtisch ab. Dabei verschob sie das Tonschildchen mit meinem Namen, das mir ein Töpferkursus verehrt hatte.

»Elisabeth«, las sie. »Elisabeth, das ist ein altmodischer

Name. Unter Elisabeth stellt man sich eine ältere Frau vor.«

»Ja, also, wie gesagt«, murmelte ich.

»Wirklich«, fuhr die Irre fort. »Eine Elisabeth ist jemand mit breiten Hüften und strähnigem Haar. Sie haben keine breiten Hüften.« Es klang beinahe wie ein Vorwurf. »Und niemals hätte ich Sie mir mit Locken vorgestellt. Echten Locken.«

Ich bemühte mich um ein neutrales Gesicht, um sie durch nichts zum Weitersprechen zu animieren. Das Mädchen sah mich eine Weile schweigend an.

»Aber Sie haben Falten um die Augen. Das passt wieder zu Elisabeth«, sagte sie schließlich. »Und daran erkennt man Ihr wahres Alter.«

»Ja, ja«, sagte ich. »Auf Wiedersehen.«

»Wiedersehen«, sagte das Mädchen und ging auf leisen Sohlen zur Tür. Dort drehte es sich noch einmal um und kicherte wieder. »Ganz bestimmt sogar.«

»Leute gibt's.« Ich sah kopfschüttelnd hinter ihr her.

Hanna nickte. »Das war wirklich seltsam«, sagte sie. »Als würde sie dich kennen.«

»Ich kenne ja eine Menge Verrückte«, sagte ich überzeugt. »Aber diese da habe ich noch niemals gesehen.«

»Elisabeth«, sagte Hanna. »Findest du das nicht seltsam von der Frau, einfach hier aufzutauchen, nach dir zu fragen und von einem Kind zu labern, das noch nicht mal existiert?«

»Verrückt eben«, erwiderte ich.

»Und das Kind soll Alexander heißen, nach dem Lover«, fuhr Hanna nachdenklich fort.

Ich lachte. »Du bist auch verrückt, Hanna.«

Hanna sah mich besorgt an, aber sie schwieg. Viel später, nach dem großen Knall, erklärte sie, dass es zu diesem Zeitpunkt zwecklos gewesen wäre, mit mir weiter darüber zu sprechen. »Du wolltest nichts sehen, was deine Traumwelt gefährden konnte«, sagte sie. »Für dich war alles perfekt.«

Ich vergaß diese Episode einfach.

Alles war perfekt.

Pünktlich zu Heiligabend fing es an zu regnen, und der malerische Schnee auf Dächern, Zäunen und Bäumen taute im Nu weg. Zurück blieben aufgeweichter, schlammiger Boden, kahle Äste und ein trübe verhangener Himmel. Alex und ich feierten Weihnachten zum ersten Mal gemeinsam. Meine Mutter, mit der ich sonst die Feiertage verbrachte, war mit Freunden nach Österreich zum Skilaufen gefahren, und in Alex' Familie wurde Weihnachten nie besonders gefeiert. Alex' Mutter nutzte die freien Tage für eine Frischzellenkur auf einer Schönheitsfarm, und sein Vater war mit seiner zweiten Frau bei deren Tochter Carola in Wiesbaden eingeladen.

Ich freute mich, dass wir allein sein würden, und tat alles, damit uns dieses erste Weihnachten zu zweit in ganz besonderer Erinnerung bleiben würde. Tagelang war ich unterwegs, um Geschenke, Stoff, Kerzen, Tannenzweige und allerlei Dekorationsartikel zu kaufen und unsere kleine Wohnung weihnachtlich herzurichten. Ich war mit Feuereifer bei der Sache. Eine Frau ist erst dann wirklich selbständig und erwachsen, wenn sie eigenen Christbaumschmuck besitzt, hatte meine Oma immer gesagt, eine Wahrheit, die ich in diesen Tagen erst richtig verstand.

Draußen auf der Terrasse hantierte ich mit Tannengrün und Buchsbaumzweigen, Zange und Blumendraht, und mir war dabei so weihnachtlich zu Mute, dass ich die harzigen und verschrammten Hände gar nicht spürte.

»Wie schön«, lobte Kassandra, die mit Mütze und Handschuhen bekleidet im offenen Küchenfenster lehnte. »Du bist eine Frau mit Sinn für Traditionen.«

»Und mit Geschmack und Fantasie«, ergänzte ich und hielt stolz eine Girlande in die Höhe. »Ich liebe Weihnachten, du nicht auch?«

Kassandra seufzte. »Weihnachten ist kein Fest der Göttin. In unserer Meditationsgruppe feiern wir stattdessen die Wintersonnenwende auf wirklich traditionelle Weise. Wir tragen Geweihe und Masken, und wir tanzen nach Trommeln. Am zweiundzwanzigsten Dezember.«

»Und was machst du an Weihnachten?«, fragte ich mitleidig.

»Weihnachten ist ein Tag wie jeder andere auch«, sagte Kassandra, aber sie sah so einsam und verloren aus in ihrem Küchenfenster, dass ich vor Mitleid beinahe weinte. Es musste schrecklich sein, seine ganze Familie auf den Plejaden zu haben.

»Vielleicht hast du ja trotzdem Lust, bei uns vorbeizukommen«, sagte ich. »Später am Abend, auf einen Glühwein.«

»Ja«, sagte Kassandra. »Das wäre auf jeden Fall schön.«

Ich kaufte ihr den gleichen rotgrün karierten Flanell-Pyjama, den ich auch für mich und Alex gekauft hatte, mit stoffüberzogenen Knöpfchen, großen Taschen und einem niedlichen, rot eingefassten Kragen. Es gab ihn bei Beck's im Angebot, in einer weihnachtlich dekorierten Ecke, in der alles rotgrün kariert war, Stoffe, Bettwäsche, Kissenüberzüge, Christbaumschmuck, Geschenkpapier, Teddybären, Unterwäsche, Bademäntel, Handtücher und Papierkartons, Modellserie *Santa Claus*.

Da die Bauarbeiten zwischen Weihnachten und Neujahr ruhten, hatte Alex acht Tage Urlaub. Als er am Tag vor Heiligabend aus Karlsruhe heimkehrte, staunte er nicht schlecht. Unsere Schlaf-Wohn-Küche hatte durch meinen Einzug nicht wesentlich von ihrem ursprünglichen Stil eingebüßt. Mit den weißen Riesen, dem weißen Sofa, dem weißen Bettüberwurf, den hellen Holzmöbeln sowie dem völligen Mangel an Dekorationsgegenständen war sie ein eleganter, kühler Raum, nicht unangenehm, nur völlig unweihnachtlich. Das hatte sich nun grundlegend geändert.

Auf den kalten Fliesen lag ein großer, dunkelgrün eingefasster Sisalteppich, ein Schnäppchen, das ich uns beiden im Voraus zu Weihnachten schenkte, über das weiße Sofa hatte ich meterweise grün rot karierten Stoff drapiert. Auf dem Tisch stand ein selbst gebundener Adventskranz mit dicken roten Kerzen und rot-grün karierten Schleifen. Ebenfalls selbst gebunden und mit den gleichen Schleifen versehen war die Girlande, die sich um die Terrassentür wand und in deren höchstem Punkt ein goldfarbener Keramikengel schwebte, einer von der dicken, schmollippigen Sorte. Im toten Winkel zwischen Sofa und Fenster stand der Weihnachtsbaum, den ich auf dem Markt erstanden hatte. Es war eine hohe, schlanke Nordmanntanne mit weichen, nicht pieksenden Nadeln, die, so hatte mir der Verkäufer geschworen, niemals abfallen und meinen Staubsauger verstopfen würden. Die Tanne war noch nicht geschmückt, aber rotgrün karierte Schleifen, rote Kerzen und nostalgisch bemalte Kugeln lagen schon bereit. Als Krönung des Ganzen und sozusagen als Gag hatte ich rot-grünkarierte Bettwäsche, ebenfalls aus der Modellserie *Santa Claus,* gekauft und das Bett damit überzogen. Kerzen tauchten die ganze Pracht in sanftes, goldenes Licht, und Tannengrün und selbst gemachte Pralinen – ich hatte bei Hanna den Kursus *Konfekt wie vom Konditor* belegt – verbreiteten einen heimeligen und wunderbar weihnachtlichen Duft.

»Wahnsinn«, sagte Alex überwältigt und schmiss seine Reisetasche in die Ecke.

Leider fiel ihm nicht auf, dass ich ebenfalls weihnachtlich herausgeputzt und in beinahe unheimlicher Weise auf das Interieur abgestimmt war. Ich war beim Friseur gewesen und hatte mir eine Pflanzentönung gegönnt, mit einem leichten Rotschimmer. Die Haare fielen duftig und korkenziehermäßig auf mein neues, leuchtend rotes Wollkleid aus fünfzig Prozent Kaschmiranteil. Und das Beste: Die lustige Wollstrumpfhose war aus der *Santa-Claus-Serie* und passte perfekt zu meinen roten Schnallenschuhen.

Ich fiel Alex trotzdem um den Hals.

Heiligabend regnete es den ganzen Tag. Wir schliefen aus, bereiteten den Truthahn und das restliche Festtagsmenü vor und schmückten dann gemeinsam den Weihnachtsbaum, wie eine richtige Familie. Dabei hörten wir Erik Clapton unplugged, und als alles fertig war, liebten wir uns auf dem neuen Sisalteppich, ganz zärtlich und langsam, im Takt zu »Leyla«. Am Nachmittag verschwand Alex für zwei Stunden, um etwas zu besorgen, und ich nutzte die Zeit, um ein Bad zu nehmen, meine rotgold verschnürten Päckchen malerisch unter dem Weihnachtsbaum zu platzieren und den Tisch zu decken. Auf der roten Tischdecke verteilte ich eine kleine Dose winziger, goldener Sternchen, die im Kerzenlicht funkelten, das Porzellan war schlicht und weiß, unser Alltagsgeschirr, aber ich hatte Stoffservietten aus der *Santa-Claus-Serie* und Serviettenringe mit lächelnden Engelsköpfchen.

Als Alex zurückkam, schmorte der Truthahn schon im Ofen, die Kerzen brannten, und der CD-Player gab gedämpft das Weihnachtsoratorium von Bach zum Besten.

Alex hatte etwas unter seiner Jacke versteckt. Er hatte Schwierigkeiten, es festzuhalten. Es beulte seine Jacke aus und schien sich zu bewegen.

»Ist es soweit?«, fragte er.

»Von mir aus gerne«, sagte ich, und da zog er seine Hand aus der Jacke und sagte: »Frohe Weihnachten, kleiner Knurrhahn.«

Ich schrie entzückt auf. In Alex' Hand saß ein kleines, cremefarbenes Kätzchen mit braunen Flecken an den Ohren, der Nase und der Brust. Es strampelte unwillig mit den Beinen, und Alex setzte es auf den Boden, wo es sofort begann, sich zu putzen. Begeistert kniete ich mich daneben.

»Ist die aber süß«, quiekte ich. »Ist die für mich?«

Alex nickte. »Ich habe sie von unserem Statiker. Seine Burmakatze hat sich mit dem Nachbarkater gepaart, und weil die Kätzchen keinen Stammbaum haben, wurden sie verschenkt. Unsere Kleine hier hat das puschelige Fell und die blauen Augen von der Mutter geerbt. Als ich die Fotos gesehen habe, konnte ich nicht widerstehen. Hier ist es zwar ein bisschen eng, aber bald haben wir ja einen eigenen Garten. Etwas anderes zu kaufen war bei dem notorischen Zeitmangel echt nicht drin.«

»Was für eine schöne Idee«, rief ich und fiel ihm um

den Hals. Das Kätzchen kletterte derweil an meinem Wollkleid hoch bis auf meine Schulter. Dort spielte es mit meinen Ohrringen.

»Ich habe Katzenklo und Futter im Auto«, erklärte Alex. »Keine Angst, sie ist stubenrein und geimpft.«

Die kleine Katze schnurrte in mein Ohr, und am liebsten hätte ich es ihr gleichgetan.

»Jetzt sind wir eine richtige Familie«, flüsterte ich begeistert.

Der Rest des Abends verging wie im Traum. Alex packte seine Geschenke aus, wir teilten Truthahn, Rotkohl und Kartoffeln mit dem Kätzchen, und später aßen wir Mousse au chocolat und tranken Glühwein mit Kassandra. Sie freute sich sehr über den Pyjama, erst recht, als sie sah, dass Alex und ich den gleichen hatten.

»So ein schönes Weihnachtsfest habe ich schon seit zweihundert Jahren nicht mehr gefeiert«, sagte sie strahlend. Wir nahmen es als Kompliment.

Mit Kassandras Hilfe tüftelten wir den optimalen Termin für unsere Hochzeit aus und entschieden uns schließlich für den vierundzwanzigsten Mai. Dann nämlich würde der Vollmond im Skorpion stehen, die ideale Konstellation für die gute Laune der Gäste und eine leidenschaftliche Hochzeitsnacht.

»Für Sonnenschein sorge ich«, versprach Kassandra beim Abschied, und ich wusste, dass man sich diesbezüglich auf sie verlassen konnte.

Von jetzt an waren es auf den Tag genau fünf Monate bis zu unserer Hochzeit. Aber heute stand der Mond ganz zufälligerweise auch im Skorpion, die ideale Konstellation für eine leidenschaftliche Weihnachtsnacht.

Alex' Vater weckte uns am nächsten Morgen telefonisch und teilte uns mit, dass er und Sylvia nun doch nicht im Mai nach Portugal fahren würden und deshalb in der Lage seien, zu unserer Hochzeit zu kommen. Das sei sein Weihnachtsgeschenk an uns.

»Das ist aber schön«, sagte ich verschlafen und reichte den Hörer an Alex weiter. Das Kätzchen, das die Nacht an meinen Rücken gekuschelt verbracht hatte, schärfte sich die winzigen Krallen am Sisalteppich und angelte nach der Telefonschnur.

»Ja, natürlich freuen wir uns darüber«, sagte Alex zu Horst und schnitt eine Grimasse. »Ja, und wir wissen auch euer Opfer zu schätzen. Im Juni werdet ihr in Portugal schwitzen, und das nur wegen uns. Nein, das war nicht ironisch gemeint.«

Etwas betreten legte er den Hörer auf. »Jetzt ist er doch da. Er wird uns die ganze Hochzeit verderben.«

»Das wird er nicht«, sagte ich selbstsicher. Wir waren so glücklich, dass niemand uns irgendetwas verderben konnte, nicht einmal Horst.

»Alles ist perfekt«, sagte ich zu Alex. Er saß in seinem *Santa-Claus-Pyjama* auf dem neuen Sisalteppich und sah zum Anbeißen aus. Ich stupste ihn in die Rückenlage und bedeckte sein Gesicht mit Küssen. Dabei stellte ich mir vor, ich könnte uns beide aus einer anderen Perspektive beobachten, von der Zimmerdecke herab. Den festlich dekorierten Raum, den Weihnachtsbaum, zerwühlte Bettwäsche, das Kätzchen, das in dem Geschenkpapierberg herumtapste, und das Liebespaar auf dem honigfarbenen Teppich, im rotgrün karierten Partnerlook.

Alles war perfekt.

NACH NEUJAHR WAR Alex nur noch selten zu Hause. Das Kaufhaus in Karlsruhe forderte ununterbrochen seine Aufmerksamkeit. Es war der erste Bau in dieser Größenordnung, für den er ganz allein verantwortlich sei, sagte er immer und immer wieder, und er dürfe keine Fehler machen. Damit der Zeitplan eingehalten werden konnte, ließ er den Bauunternehmer auch am Wochenende arbeiten und blieb selber ebenfalls übers Wochenende dort.

»Das ist unglaublich wichtig für meine Karriere«, sagte er. »Ich glaube, wenn ich das alles gut hinter mich bringe, bietet der Berger mir die Partnerschaft an. Und was das finanziell bedeuten würde, brauch' ich dir wohl nicht zu sagen. Alles andere muss daneben zurückstehen.«

Zurückstehen musste unter anderem der Bau unsres eigenen Hauses. Alex rechnete täglich mit dem Eintreffen der Baugenehmigung, und er hatte immerhin vom Tiefbauer bis zum Heizungsmonteur sämtliche Unternehmer in Alarmbereitschaft versetzt. Den Rest, sagte er, müsse ich übernehmen.

»Wenn es losgeht, werde ich so viel wie möglich vom Telefon aus regeln«, sagte er, »aber du musst mich auf der Baustelle ersetzen. Ich habe dreiundneunzigtausend Mark auf meinem Konto, damit kommen wie genau bis zur Erdgeschossdecke. Ich überweise das Geld auf dein

Girokonto, damit du die Leute bezahlen kannst, aber du musst ihnen ordentlich auf die Finger gucken.«

»Das kann ich doch nicht«, sagte ich, aber Alex sagte: »Du musst!«

Die Verhandlungen mit der Bank wegen unseres Kredits waren beinahe abgeschlossen. Uns fehlten zweihundertfünfzigtausend Mark Eigenkapital zur Vollendung des Baus. Die Bank hatte keinerlei Bedenken bezüglich unserer Zahlungsfähigkeit bei dieser vergleichsweise niedrigen Summe, da wir beide gut verdienten, Alex sogar sehr gut. Aber vor dem endgültigen Abschluss des Vertrages wünschte die Bank eine Änderung der Grundbucheintragung. Bisher war ich der alleinige Besitzer des Grundstücks, beim Notar sollten Alex und ich nun als gemeinsame Besitzer eingetragen werden.

»Das mit dem Notar musst du ohne mich regeln«, bestimmte Alex. »Ich habe dafür keine Zeit, unmöglich.«

»Ich kann so was nicht«, jammerte ich, aber Alex sagte: »Du musst! Wenn das mit dem Grundbuch geregelt ist, bekommst du eine Vollmacht von mir und regelst das mit dem Kreditvertrag alleine.«

Die Hochzeitsvorbereitungen blieben ebenfalls an mir hängen. Eigentlich hatte ich gedacht, dass wir damit frühestens im April beginnen müssten, wenn Alex wieder da war, aber Hilde, Alex' Mutter, belehrte mich eines Besseren. Sie hatte mir ein Buch geschenkt mit dem Titel *Ihre Traumhochzeit – perfekt geplant,* und als ich gelesen hatte, dass mindestens sechs Monate Planungsphase erforderlich seien, also zwei Monate mehr, als wir noch zur Verfügung hatten, ließ ich mich von Hildes Panik anstecken. Zumal ich zum »chaotischen Brauttyp« zählte, laut Ergebnis des Psychotests, der dem Hauptteil des Hochzeitsbuches vorangestellt war.

Das lag daran, dass ich bei den meisten Fragen im Test »weiß nicht« angekreuzt hatte.

»Habt ihr die Gästeliste schon zusammengestellt?«, fragte Hilde am Telefon. »Wart ihr beim Standesamt? Habt ihr alle Papiere zusammen? Habt ihr mit dem Pfarrer gesprochen, ob ihm der anvisierte Termin überhaupt passt? Wo wollt ihr denn jetzt wirklich feiern? Was soll es zum Essen geben? Wie sollen die Einladungen aussehen?«

»Weiß nicht«, jammerte ich.

»Ich könnte dir helfen«, bot Hilde an. »Ich könnte das erledigen, was du selber nicht schaffst.«

»Scheuen Sie sich nicht davor, Hilfe anzunehmen«, stand in dem Buch als Ratschlag für die chaotische Braut. »Nutzen Sie die verschiedenen Talente und Beziehungen Ihrer Freunde und Verwandten. Sie können jede Unterstützung gebrauchen.« Hilde hatte eine Menge Talente und Beziehungen.

»Vielleicht«, sagte ich zu ihr. »Vielleicht könntest du uns wirklich helfen.«

Hilde freute sich. »Ich komme Freitag um zehn zum Arbeitsfrühstück«, sagte sie energisch. »Dann machen wir Nägel mit Köpfen.«

Freitag war mein freier Tag. Das Kätzchen weckte mich mit zarten Bissen in die Zehen und flitzte vor mir her in die Küche, wo es laut miauend sein Futter forderte. Wir hatten es Hummel getauft, weil es so rund war und eher brummte als schnurrte.

Während ich das Frühstück für Hilde und mich zubereitete, saß Hummel in der Spüle und angelte nach den Tropfen am Wasserhahn. Sie war in den letzten Wochen gewachsen, die Zeichnung in ihrem cremefarbenen Fell war deutlicher herausgetreten, die Augen hatten ein klareres Blau angenommen. Kaum zu glauben, dass so was Schönes keinen Stammbaum hatte.

Um kurz vor zehn, gerade als der Eierkocher piepte, klingelte es an der Tür. Es war unser Vermieter, Herr Meiser. Er war ein sparsamer, um nicht zu sagen geiziger Mensch, der die Nebenkosten für die Wohnung nach meinem Einzug ordentlich erhöht hatte. Die Summe bezog sich nicht nur auf Mehrkosten für heißes und kaltes Wasser, sondern enthielt auch eine Abnutzungsgebühr für – man höre und staune – Türklinken und Wasserhähne. Überdies meinte Herr Meiser, dass zwei Personen öfter Türen und Fenster öffneten und damit kalte Luft in die Wohnung ließen als eine.

Ein Fall für den Mieterschutzbund, fand ich, aber Alex meinte, wir sollten uns nicht aufregen, da wir ja doch nicht mehr lange hier wohnen würden. Herrn Meisers Macken könnten uns kalt lassen, sagte er, aber er war ja auch freitags nie zu Hause, wenn nämlich die Müllabfuhr kam und Herr Meiser die Mülltonnen kontrollierte.

Diesmal hielt er mir gleich, nachdem ich die Tür geöffnet hatte, eine Mülltüte vor die Nase. »Ist das Ihre?«

Das ließ sich auf Anhieb schwer sagen. Es war jedenfalls eine handelsübliche, weiß-durchsichtige Mülltüte, wie wir sie auch benutzten.

»Warum möchten Sie das wissen?«, fragte ich zurück.

Herr Meiser zeigte durch die Tüte auf eine Blechdose im Inneren.

»Deswegen. Die gehört nicht in den Restmüll, sondern in den gelben Sack.«

Da hatte er Recht. Jetzt, wo ich die Blechdose sah, in der einmal Ananasringe gelegen hatten, wusste ich definitiv, dass es sich um unseren Müllsack handelte. Normalerweise nahmen Alex und ich die Sache mit der

Abfalltrennung auch sehr genau, aber die Ananasdose war ein Sammelbehälter für allerlei ekligen Restmüll gewesen. Ich hatte darin Ohrenstäbchen, einen in Klopapier gewickelten Tampon, mehrere Kaugummiklumpen, zwei gebrauchte Kondome und einen mit Farbe getränkten Schwamm gesammelt. Die Ananasdose war durch ihren Inhalt ebenfalls zum Restmüll mutiert.

Ich wusste, Herr Meiser würde diese Argumentation nicht gelten lassen.

»Wenn Sie nicht sicher sind, ob das Ihre Tüte ist, dann schauen wir doch mal hinein«, schlug er vor.

»Nicht nötig«, sagte ich hastig und nahm ihm die Tüte aus der Hand. »Ich werde die Dose umsortieren.«

»Na also.« Herr Meiser war zufrieden mit seinem pädagogischen Erfolg. »In Ihrem Alter ist man ja noch lernfähig.«

Ich nickte ihm hinterher. An der Ecke stieß er mit Hilde zusammen.

»Was willst du mit dem Müll?«, fragte Hilde. »Beeil dich, gerade eben kommt der Müllwagen.«

»Ich muss ihn erst neu sortieren«, sagte ich.

Hilde sah mich an, als habe ich den Verstand verloren. »Gib her«, sagte sie und nahm mir den Müllbeutel aus der Hand. Ich folgte ihr um die Ecke, die Treppe hinauf zu den Mülltonnen. Gerade eben war ein junger Mann im orangefarbenen Overall dabei, die Tonne zum Wagen zu rollen.

»Eine Sekunde bitte«, sagte Hilde zu ihm, öffnete den Deckel und warf meine Mülltüte zu dem anderen Müll. Meine Ananasdose verschwand im Inneren des Müllwagens, mitsamt ihrem ekligen Inhalt.

»Danke«, sagte ich nicht ohne Bewunderung. »Die Eier werden in der Zwischenzeit steinhart geworden sein.«

»Das mag ich sowieso lieber«, erwiderte Hilde. Sie hatte eine lange Checkliste dabei, unsere Hochzeit betreffend, und die las sie mir Punkt für Punkt vor. Mir wurde sofort wieder ganz schummrig im Bauch, als ich das alles hörte.

»Ich helfe euch wirklich gerne«, erklärte Hilde. »Ich habe ja mehr Zeit als ihr und vielleicht auch den nötigen Abstand.«

Ich sah sie misstrauisch an. Ich hatte nicht vergessen, was Kassandras Karten gesagt hatten über die eiskalte und berechnende Frau, die unserer Beziehung schaden wollte.

Aber ich konnte keine Arglist in Hildes Augen erkennen.

»Also gut«, sagte ich. »Das wäre uns eine große Entlastung.«

»Wunderbar«, rief Hilde. »Ihr gebt mir bis zum nächsten Wochenende eine Gästeliste mit Adressen, ich kümmere mich um die Einladungen. Ich habe da eine wunderbare Idee für die Karten, alles in Gold und Blau.« Sie unterbrach sich für ein kurzes Lächeln. »Natürlich nur, wenn es dir gefällt.«

Ich nickte. Gold und Blau war mal was anderes als rotgrün kariert.

»Du und Alex, ihr kümmert euch um die Sache mit dem Standesamt und der Kirche, da kann euch niemand helfen«, fuhr Hilde fort. »Ihr kauft die Ringe und natürlich eure Klamotten. Alles andere erledige ich.«

»Aber es wird Geld kosten«, wandte ich ein.

Hilde lächelte breit. »Das bezahlt Alex' Vater.«

»Nie im Leben«, sagte ich spontan. »Das würde der niemals tun!«

»O doch«, sagte Hilde. »Schließlich hat er Geld genug, und ihr braucht jeden Pfennig für euer Haus.«

»Horst wird das nicht so sehen.«

»Natürlich nicht, der alte Geizkragen«, sagte Hilde. »Aber er hat die Hochzeit seiner Stieftochter bezahlt, da hat er sich nicht lumpen lassen. Er wollte wohl bei Sylvias Familie Eindruck schinden.«

»Aber das hat er bei uns nicht nötig.«

Hilde lächelte noch breiter. »O doch, das hat er, wenn ich ihm damit drohe, im Tennisclub herumzuerzählen, dass er seiner Stieftochter Geld gibt, das er seinem leiblichen Sohn verweigert. Ich rufe ihn gleich nachher an. Er soll uns ein Hochzeitskonto eröffnen, von dem wir alle laufenden Kosten abbuchen können.«

»Aber das ist Erpressung, Hilde«, sagte ich.

»Ja«, erwiderte Hilde. »Pure Erpressung.«

Wir blickten einander kurz in die Augen. Dann lächelten wir beide und sahen verlegen zur Seite. Ich fing an, Hilde zu mögen, und das, obwohl sie gesagt hatte, ich sei nicht der Typ für ein richtiges Brautkleid.

»Huhu!«, rief es in diesem Augenblick vor der Tür. Das war Kassandra. Sie huhute immer statt zu klingeln, aber das war bei dem grauenhaften Geräusch, was die Klingel machte, auch angebracht.

»Komm rein«, rief ich zurück, und Kassandra betrat unsere Wohn-Schlaf-Küche. Sie war mit einem kanarienvogelgelben Sack bekleidet und hatte ein ebenso gelbes Tuch quer über die Stirn gebunden. Hilde zuckte bei ihrem Anblick leicht zusammen.

»Sie sind die Schwiegermutter?«, rief Kassandra aus.

»Noch nicht«, antwortete Hilde gefasst.

Kassandra wandte sich zu mir. »Aber das ist sie nicht«, sagte sie.

»Aber natürlich ist sie das«, sagte ich. »Hilde ist Alex' Mutter. Sieh doch, sie haben die gleiche Augenpartie.«

»Nein«, Kassandra schüttelte den Kopf. »Das ist nicht die Frau, die ich in den Karten gesehen habe.«

Ich schwieg verlegen.

»Sie legen Karten?«, fragte Hilde interessiert. »Ich gehe immer zu einer Astrologin. Als Waagegeborene habe ich ein Faible fürs Esoterische.«

»Sie sind nicht die Frau, die ich in den Karten gesehen habe«, entgegnete Kassandra. »Die Frau in den Karten war eiskalt und berechnend. Und jung.«

»Woher willst du das wissen?«, fragte ich verärgert.

Kassandra wandte mir ihre türkisblauen Augen zu. »Es gibt Dinge zwischen Himmel und Erde –«, den Rest ließ sie in der Luft hängen.

Hilde zwinkerte mir zu. Ich fing wirklich an, sie zu mögen.

»Du musst dir wirklich ein paar Tage freinehmen«, sagte ich abends am Telefon zu Alex. »Wir müssen zum Standesamt und zum Pfarrer, wir brauchen Zeit für die Gästeliste, und wir müssen Ringe und Klamotten kaufen.«

»Unmöglich«, sagte Alex. »Ich kann hier nicht weg, auf keinen Fall. Das musst du ohne mich machen. Ich gebe dir eine Vollmacht.«

»Aber das kann ich nicht.«

»Du musst«, sagte Alex. »Ich bin noch Monate an diesen Kaufhausbau gebunden. Es ist das wichtigste Projekt meines Lebens, und ich kann mich um nichts anderes kümmern. Ich werde dir Vollmachten ausstellen, und dann kannst du das alles alleine regeln.«

»Das ist viel zu viel für einen allein! Schließlich habe

ich auch noch einen Job«, beschwerte ich mich. »Außerdem gehören zu einer Hochzeit immerhin zwei. Wenigstens Ringe solltest du mit aussuchen.«

»Du, ich habe fast hunderttausend Mark auf dein Konto überwiesen, da kannst du die allerschönsten Ringe der Welt kaufen«, sagte Alex. »Allerdings mehr als tausend pro Stück wäre purer Leichtsinn.«

»Das ist nicht fair«, sagte ich zu Hanna. »Alles muss ich allein machen.«

Hanna sah neidisch auf die Summe am unteren Ende meines Kontoauszuges. »Wahnsinn, so viel Geld. Du könntest den Typ sausen lassen und dir auf seine Kosten ein schönes Leben machen.«

Ich lachte. »Das Geld ist schneller weg, als mir lieb ist. Noch lange bevor das Dach auf unserem Haus ist.«

»Wenn Heiko mir hunderttausend Mark überwiesen hätte, dann ginge es mir jetzt bedeutend besser. Du hast es gut. Obwohl ich es eine Unverschämtheit von deinem Alex finde, dich alles alleine machen zu lassen. Typisch Mann auf Ego-Trip, der Job geht vor.«

»Ja, aber er verdient damit auch viermal so viel wie ich«, sagte ich. »Außerdem ist das lediglich eine vorübergehende Phase, und Alex sagt, ich könne dabei nur lernen.«

Hanna zeigte mir einen Vogel.

Ich machte mich allein auf den Weg, stellte eine Liste mit all den Dingen auf, die zu erledigen waren, und hakte sie Punkt für Punkt ab. Mitte Februar hing unser Aufgebot im Schaukasten des Rathauses, und mit dem Pfarrer sprach ich den Termin ab. Der vierundzwanzigste Mai passte ihm ganz hervorragend, für weitere Absprachen bezüglich der Zeremonie und das Hochzeitsprotokoll sei auch später noch Zeit, sagte er.

Hilde hatte eine komplette Gästeliste von mir bekommen sowie meinen Segen für Einladungskarten und Tischordnung. Ihre Erpressung bei Horst hatte gefruchtet. Er hatte prompt ein großzügiges Konto auf ihren Namen eingerichtet, von dem sie die laufenden Kosten bezahlen konnte.

Auch das Geschenkeproblem hatten wir gelöst. Um nicht die gleichen traurigen Erfahrungen mit siebenfach geschenkten Toastern, Popcornmaschinen und silbernen Kuchenschaufeln machen zu müssen, wie schon manches Brautpaar vor uns, hatte Hilde vorgeschlagen, im schönsten Kaufhaus der Stadt einen Hochzeitstisch aufzustellen. Auf diesem Tisch durfte ich alles platzieren, was ich gern besitzen wollte, und alles, von dem ich dachte, dass Alex es gern besitzen wollte. Die Hochzeitsgäste konnten dann herkommen und sich ihr Geschenk vom Tisch aussuchen. Ich hielt das für eine wunderbare Sitte und wählte neben edlen Weingläsern mit geschwungenem Stiel, einem Frühstücksservice, einer Topfserie aus Edelstahl, Bettwäsche und Handtüchern einen tragbaren CD-Player, ein paar illustrierte Märchenbücher, mehrere CDs, handbemalte, maurische Terrakottaübertöpfe, einen echten Teppich, eine Espressomaschine, mit der man auch Milch aufschäumen konnte, und genau den feinen Füllfederhalter mit ziseliertem Silber, den ich schon immer hatte haben wollen. Das Aussuchen kostete mich einen halben Vormittag, aber am Ende hatte ich immerhin keinen einzigen Toaster, Eierkocher oder Tischstaubsauger gewählt. Und auch keine Friteuse.

Hilde begrüßte meine Auswahl.

»Du hast einen exquisiten Geschmack«, sagte sie. »Aber jetzt siehst du sicher ein, dass noch mehr Gäste kommen müssen. Sonst bliebe der Teppich am Ende liegen, und das wäre doch schade.«

Das sah ich natürlich genauso, und so ergänzten wir die Gästeliste um zwei Dutzend Verwandte und Bekannte. Alex gab sein Einverständnis dazu durchs Telefon.

»Macht, was ihr wollt«, sagte er. »Ich kann hier nicht weg.«

»Das wird eine Traumhochzeit«, sagte Hilde begeistert, als die allerletzten Einladungen verschickt worden waren. »Wir müssen an nichts sparen. Kauf dir bloß ein schönes Kleid.«

Aber der Brautkleidkauf und auch die Ringe mussten warten. Ein paar Tage vor dem Notartermin wegen der Grundbuchumschreibung bekamen wir die Baugenehmigung, und am selben Tag begann ein Bagger, die Baugrube auszuheben. Alex gab mir die telefonische Anweisung, das Tun der Tiefbauer zu überwachen, und so stand ich am Rand des Grundstücks und sah zu, wie die riesenhafte Baggerschaufel den sanften grünen Hang im Nu in eine braune Wüste mit einem tiefen Loch verwandelte. Mit mir beobachteten eine Menge kleiner Jungs samt Vätern sowie vereinzelt Frauen und Hunde das gewaltige Schauspiel. Meine neuen Nachbarn nutzten die Gelegenheit, sich vorzustellen und vorsichtig herauszufinden, mit wem sie es in Zukunft zu tun haben würden.

»Wo ist denn der Gatte?«, fragte der ältere Herr, der das Haus unterhalb meines Grundstücks bewohnte. »Übrigens, Horn ist mein Name.«

»Sehr erfreut«, sagte ich. »Mein – ähm – Gatte arbeitet zurzeit in Karlsruhe.«

Herr Horn schüttelte tadelnd den Kopf. »Aber das ist

doch Männersache hier«, sagte er und deutete auf die Baggerwüste hinter dem frisch aufgestellten Bauzaun. »Nichts für zarte Frauengemüter.«

»Du musst Urlaub nehmen«, sagte ich zu Alex am Telefon, als er mir befahl, den Vermesser für nächsten Dienstag zu bestellen. »Das ist Männersache, nichts für zarte Frauengemüter.«

»Ich kann nicht«, sagte Alex fest. »Du schaffst das schon. Du wirst dir eben ein echtes Männergemüt zulegen müssen.«

»Ich brauche dich«, klagte ich. »Ich will das nicht alles alleine regeln«. Aber Alex sagte, was er immer sagte: »Du musst!«

Am nächsten Morgen wurde ich vom Telefon geweckt.

»So geht das aber nicht, liebe gute Frau«, keifte eine schrille Stimme in mein schläfriges Ohr.

»Falsch verbunden«, murmelte ich hoffnungsvoll, aber die Stimme haspelte aufgeregt weiter: »Was haben Sie sich denn dabei gedacht, liebe gute Frau? Dachten Sie vielleicht, wir merken das nicht?«

»Ähm.« Ich räusperte mich und schüttelte den Kopf, um meine grauen Zellen in Bewegung zu setzen. Wer war das, und was wollte er?

»Unserem kleinen Klaus steht der Keller unter Wasser. Das lassen wir uns nicht gefallen, liebe gute Frau. Ich weiß nicht mal Ihren Namen.«

Keller, Wasser, kleiner Klaus – die grauen Zellen wussten leider nichts damit anzufangen.

»Ich weiß Ihren Namen auch nicht«, sagte ich mutig, aber die Stimme ging nicht darauf ein.

»Unserem kleinen Klaus steht doch der Keller unter

Wasser«, wiederholte sie. »Beim nächsten Regen. Das lassen wir uns nicht gefallen. Wir hatten ja auf gute Nachbarschaft gehofft, aber wenn das gleich so anfängt, dann kann da nichts draus werden. Nee, gegen Sie werden wir gerichtlich vorgehen.«

Die grauen Zellen setzten die einzelnen Puzzleteile endlich zusammen, und beinahe erleichtert fragte ich: »Sie sind unsere zukünftige Nachbarin, stimmt's?«

»Liebe gute Frau, so nicht«, rief die Stimme, noch ehe ich zu weiteren klärenden Fragen ansetzen konnte. »Das Ding kommt da weg, oder wir sehen uns vor Gericht wieder. Mein Mann hat ja schon versucht, den Baggerfahrer aufzuhalten, aber der hat einfach weitergemacht. Wenn Sie glauben, dass wir danach noch friedlich nebeneinander wohnen können, haben Sie sich aber getäuscht. Unserem armen kleinen Klaus läuft die Wohnung voll, und das haben ganz allein Sie zu verantworten.«

Jetzt liefen meine grauen Zellen auf Hochtouren. Ich war voll im Bilde. Unser Tiefbauer hatte offenbar soeben den Sickerschacht auf unser Grundstück gesetzt, und zwar an einer Stelle, die unseren Nachbarn nicht passte, weil sie annahmen, dass das Wasser aus unserem Sickerschacht schnurstracks in ihren Keller liefe, den offenbar ein armer und kleiner Klaus bewohnte. Ich verstand nicht viel von diesen Dingen, aber wenn das Kreisbauamt den Sickerschacht genehmigt hatte, dann hatte der arme kleine Klaus keinen Grund, eine Überschwemmung zu fürchten. Es sei denn, der Tiefbauer hatte den Sickerschacht versehentlich an eine andere Stelle gelegt.

»Wie weit ist der Schacht denn von der Grundstücksgrenze entfernt?«, erkundigte ich mich, während ich mit der freien Hand nach dem Lageplan suchte.

Die schrille Stimme schraubte sich noch eine Terz höher: »Kommen Sie mir jetzt bloß nicht mit Vorschriften«, keifte sie. »Der Schacht kommt da weg, oder Sie haben mehr Probleme am Hals, als Sie sich träumen lassen, liebe gute Frau.«

Plötzlich war die Leitung tot.

»Hallo?«, fragte ich, aber niemand antwortete mir. Zitternd legte ich den Hörer auf. »Alex«, flüsterte ich, aber Alex war in Karlsruhe, viel zu weit von mir und dem Sickerschacht entfernt. Trotzdem, mit ein paar souveränen Telefonaten würde er die Sache schon wieder in den Griff bekommen, und ich konnte getrost weiterschlafen.

Ich wählte die Nummer seines Autotelefons.

»Wir haben ein Problem, lieber guter Mann«, sagte ich.

»Ach du Scheiße«, sagte Alex, als ich ihm meine wenigen Informationen durchgegeben hatte.

Ich wartete auf einen beruhigenden Satz, etwa: »Aber mach dir mal keine Sorgen, das regle ich schon«, aber Alex sagte etwas ganz anderes:

»Wenn die Ärger machen, ist die Kacke aber am Dampfen«, sagte er.

Ich rümpfte die Nase. »Meinst du, der Tiefbauer hat den Schacht an die falsche Stelle gesetzt?«

»Nein, das wird schon alles seine Richtigkeit haben. Aber uns fehlt die endgültige wasserbehördliche Erlaubnis. Ohne die dürfen wir offiziell überhaupt noch keinen Schacht setzen.«

»Was heißt das? Wir haben doch die Baugenehmigung.«

»Ja, aber keine wasserbehördliche Erlaubnis«, erklärte Alex ungeduldig. »Du musst sofort zur Unteren Wasserbehörde und das für uns regeln. Wenn die erfahren, dass wir ohne Genehmigung bauen, sind die stinksauer, auch wenn sie den Schacht normalerweise genau so genehmigt hätten, wie er jetzt ist. Und dann machen die so richtig Druck und brummen uns eine Anzeige und ein Bodengutachten auf. Was das kosten würde, will ich dir gar nicht sagen.«

Mir brach der Schweiß aus. Ich hatte so etwas wie eine Behördenphobie. Mein Auto war aus diesem Grund immer noch nicht umgemeldet, und je mehr Zeit verstrich, desto größer wurde meine Angst davor. Aber ungenehmigte Sickerschächte waren noch viel furchteinflößender. Alex sagte, ich solle den Termin verschieben, die Sickergrube habe Priorität.

»Wie soll ich das alles regeln?«, fragte ich schwach. »Ich habe doch keine Ahnung von diesen Dingen.«

»Umso besser«, sagte Alex. »Dann musst du deine Doofheit nicht spielen. Die meisten Beamten haben Mitleid mit dummen Frauchen. Sei nur recht freundlich.«

»Komm nach Hause«, flehte ich, aber Alex sagte, das ginge auf keinen Fall. Er stecke bis über beide Ohren in Arbeit.

»Du schaffst das schon«, sagte er zuversichtlich.

Ich zweifelte daran, suchte aber im Telefonbuch nach der Nummer der Gemeindeverwaltung. Dort erkundigte ich mich nach jemandem, der mir mit Sickerschächten weiterhelfen könne. Schließlich hatte ich einen nett klingenden Mann an der Strippe.

»Ich habe ein Problem«, sagte ich ohne große Umschweife. »Wir setzen gerade einen Sickerschacht auf unser Grundstück, aber unsere Nachbarn sagen, ihr Keller liefe voll, wenn der dort bliebe.«

»Herrgott noch mal«, erwiderte der Beamte heiter. »Es gibt Leute, die monieren wirklich alles. Ein Sickerschacht ist dazu da, dass das Wasser langsam im Erdreich versickert. Wissen Sie, wie viel es regnen muss, damit so ein Ding überläuft?«

»Nein«, antwortete ich wahrheitsgemäß. »Wir haben ja auch noch einen Regenwasserauffangschacht, der fasst sechstausend Liter.«

»Sehen Sie«, sagte der Beamte im Plauderton. »Es muss drei Jahre lang ununterbrochen regnen, bevor der Regenwassertank voll ist. Dann erst wird das überschüssige Wasser zum Sickerschacht hinübergeleitet, und erst, wenn es dann noch ein paar Jahre weiterregnet, läuft bei Ihren Nachbarn der Keller voll.«

»Also doch«, sagte ich erschrocken.

»Nur wenn das Wasser bei der Verrieselung auf wasserdichte Lehm- oder Gesteinsschichten stößt«, versuchte mich der Mann zu beruhigen. »Aber die wird es ja bei Ihnen nicht geben, sonst hätten Sie schließlich keine Genehmigung bekommen.«

»Das stimmt«, sagte ich schwach.

»Sehen Sie, dann ist doch alles bestens. Sagen Sie den Nachbarn, die können Sie mal. Es gibt so Leute, die brauchen Ärger und Streit wie ihr tägliches Brot.«

Ich räusperte mich. »Und wenn, also mal angenommen, man hätte jetzt keine Genehmigung, äh, was ...?«

»Moment mal«, unterbrach mich der Beamte. »Bei meinem Kollegen nebenan geht es auch gerade um einen Sickerschacht. Da steht eine ganze Familie vor dem Schreibtisch, die ihre Nachbarn verklagen wollen.«

»So was«, sagte ich.

Der Beamte lachte leise. »Heißen Ihre Nachbarn zufällig Horn?«

»Ja«, schrie ich entsetzt. Horn hatte der väterliche Mann geheißen, der mir gesagt hatte, die Bauaufsicht sei nichts für zarte Frauengemüter.

»Tja. Zufälle gibt's.«

»O nein«, stöhnte ich.

»Mit denen ist wirklich nicht gut Kirschen essen. Hoffentlich haben Sie noch Geld für eine hohe Mauer übrig.« Der Beamte war offensichtlich vergnügt. »Wollen Sie mal hören?«

Im Hintergrund vernahm ich die schrille Stimme von vorhin. Die Frau musste in ihren Wagen gesprungen sein, kaum dass sie den Hörer aufgeknallt hatte.

»Rufen Sie dort an«, verlangte sie gerade von dem Kollegen. »Das möchten wir auf der Stelle klären.«

»Wo soll angerufen werden?«, fragte ich meinen Beamten.

»Bei der Kreisbehörde«, informierte er mich bereitwillig.

»Warum?«

Der Beamte lauschte eine Weile. »Anscheinend wissen die dort nichts von Ihrem Sickerschacht.«

»Wie kann das sein?« Schön doof stellen, hatte Alex gesagt.

»Die Untere Wasserbehörde des Kreises muss die Genehmigung für den Schacht erteilen, bevor die Baugenehmigung erteilt wird.«

»Wir haben doch die Baugenehmigung letzte Woche bekommen.«

Erneut eine Pause. »Ja, aber es scheint so, als hätten Sie noch keine endgültige wasserbehördliche Erlaubnis für den Sickerschacht, höre ich gerade.«

»Nein?«, sagte ich ergeben. »Und was bedeutet das?«

»Das ist nicht legal«, erklärte der Beamte. »Und gerade

das freut Ihre Nachbarn ungemein. Sie sehen jetzt wieder richtig fröhlich aus.« Er lachte.

»Was soll ich denn jetzt tun?«, fragte ich ihn.

Der Beamte senkte seine Stimme. »Tun Sie, was ich Ihnen sage. Fahren Sie, so schnell Sie können, zum Kreisbauamt, Zimmer zweihundertzwei, Herr Roggen. Beeilen Sie sich aber, sonst sind Ihre Nachbarn vor Ihnen da.«

»Und dann? Was soll ich denn sagen?«

»Beeilen Sie sich, machen Sie schon«, raunte der Beamte. »Ich rufe gleich von hier aus bei Herrn Roggen an und sage, dass Ihnen da ein kleiner Irrtum unterlaufen ist. Aber Sie müssen vor diesen Horns da sein.«

»Zimmer zweihundertzwei, Herr Roggen«, wiederholte ich. »Und wie war Ihr Name?«

»Bond«, sagte der Mann und machte eine kurze Pause. »James Bond. Und jetzt beeilen Sie sich gefälligst.«

Ich schmiss den Hörer auf und zog mich in Windeseile an. Zeit nahm ich mir nur für ein kleines Makeup und einen ordentlich geflochtenen Zopf. Dann grapschte ich nach Lageplänen und Handtasche und sprang in mein Auto. In weniger als siebzehn Minuten hatte ich das Kreisbauamt erreicht, meinen Wagen geparkt, war an der Information vorbei zum Aufzug gerannt und in den zweiten Stock gefahren.

Herr Roggen saß alleine hinter seinem Schreibtisch und schaute mir entgegen.

»Die Dame mit dem Sickerschacht?«, fragte er.

»Komme ich zu spät?«, fragte ich atemlos zurück.

Herr Roggen schüttelte den Kopf. »Nun setzen Sie sich doch erst mal. In Ihrem Zustand sollen Sie sich nicht aufregen.«

Ich gehorchte. Herr Roggen beobachtete mich aufmerksam. »Ist es hier vielleicht etwas stickig? Soll ich das Fenster öffnen?«

»Nein, danke«, sagte ich verwirrt.

»Sie sind sehr tapfer«, sagte Herr Roggen. Er hatte unseren Lageplan vor sich auf dem Schreibtisch liegen. »Ich habe mir das gerade mal angeguckt. Da ist soweit alles in Ordnung. Versickern muss das Wasser schließlich auf jeden Fall, und der eingezeichnete Platz scheint mir dafür bestens geeignet.«

»Und der Keller der Horns?«

Herr Roggen lächelte breit. »Das ist technisch kaum möglich, dass der Keller voll läuft. Und wenn doch, dann müssen die Leute ihren Keller eben besser abdichten. Ich finde es eine Unverschämtheit, eine Frau in Ihrem Zustand so aufzuregen.«

»Und die ähm – fehlende Genehmigung? Wir hatten das wohl etwas verfrüht – ähm –«, stotterte ich und sah prüfend an mir herab. Ich musste doch mitgenommener aussehen, als ich dachte.

Herr Roggen hob einen Stempel und ließ ihn auf unseren Lageplan niederknallen. »Da haben Sie Ihre Genehmigung«, sagte er fröhlich und setzte auch noch seine Unterschrift darunter. »Kann doch mal passieren, bei dem ganzen Stress, dass man mal was übersieht.«

Ich war sprachlos. Da sagt man doch immer, Beamte seien stur, faul, umständlich und lahm und wichen keinen Deut von den Vorschriften ab. Welch gemeine Verleumdung!

Herr Roggen lächelte mich an. »Mit solchen Nachbarn ist man wirklich gestraft. Ziehen Sie eine hohe Mauer ums Grundstück, dann haben Sie vielleicht Ruhe.«

»Ja«, sagte ich. »Und vielen Dank für Ihre unbürokratische Hilfe.«

»Aber das ist doch klar«, sagte er und erhob sich. »Die Genehmigung schicke ich Ihnen mit der Post zu, gleich heute noch.« Er schüttelte mir die Hand. »Und viel Glück für das Kind. Hoffentlich geht es diesmal gut.«

»Vielen Dank«, wiederholte ich noch verwirrter und ging rückwärts zur Tür. Ein freundlicher Beamter, sehr freundlich sogar, aber leider verrückt. Vielleicht musste das so sein: Nur verrückte Beamte waren freundliche Beamte.

Erst im Aufzug kam mir die Idee, dass James Bond von der Gemeindeverwaltung Herrn Roggen erzählt haben könnte, dass ich schwanger sei, eine Problemschwangerschaft sozusagen, nach einer Reihe von deprimierenden Fehlgeburten. So musste es gewesen sein. Er hatte Herrn Roggens Beschützerinstinkte geweckt und ihn eindeutig gegen die rücksichtslosen Horns aufgebracht. Sehr pfiffig von James Bond.

Ich legte eine Hand auf meinen Bauch. Wie nett die Männer waren, wenn sie einen schwanger glaubten. Ich hatte richtig Lust, tatsächlich schwanger zu werden.

Im Foyer stand eine junge Frau im dunkelblauen Blazer. Sie fragte mich, ob ich ein wenig Zeit hätte, um an einer Befragung teilzunehmen.

»Es geht um das Image unserer Ämter«, erklärte sie. »Den Service, die Kundenzufriedenheit, Übersichtlichkeit und das alles.«

»Oh, ich bin sehr zufrieden«, beteuerte ich aus vollem Herzen. »Wirklich rundum zufrieden.«

»Könnten Sie uns das vielleicht ein wenig detaillierter erläutern?« Die Dame im Blazer zückte einen Kugelschreiber.

Durch die Drehtür zu meiner Linken kamen zwei Leute herein. Den Mann hatte ich schon mal gesehen, von der Frau kannte ich nur die Stimme. Es waren die Horns, unsere zukünftigen Nachbarn. Ich zog mich unauffällig in den Schatten einer riesigen Hydrokulturpflanze zurück.

»Wie gesagt, sehr zufrieden in allen Punkten«, flüsterte ich der Dame mit dem Fragebogen zu. »Aber jetzt muss ich leider gehen.«

Die Horns standen vor dem Aufzug.

»Einfach ohne Genehmigung bauen«, zischte der Mann. »Das wird die teuer zu stehen kommen.«

Von wegen, haha. Ich lachte lautlos in die grünen Blätter, die mich tarnten.

»Da bist du ja, Klaus«, sagte die Frau. Ich folgte ihrem Blick und erwartete einen kleinen Jungen zu sehen, der in der Drehtür spielte. Stattdessen eilte ein schütter behaarter Mann von Ende Dreißig herbei. Die Frau zupfte seinen Hemdkragen in Form.

Ich trat vor Überraschung einen Schritt aus meiner Tarnpflanze heraus. *Das* sollte der arme kleine Klaus sein, dessen Keller im Falle eines drei Jahre währenden Wolkenbruchs voll liefe?

»Alles klar«, sagte er und rieb sich die Hände. Noch glaubte er, das Unglück verhindern zu können. »Dieser Herr Roggen sitzt in Zimmer zweihundertzwei.«

Unbemerkt schlich ich zur Tür. Draußen klopfte ich mir anerkennend auf die Schulter. Ich war auf dem besten Wege, mir das kampferprobte Männergemüt zuzulegen, von dem Alex gesprochen hatte. Wenn auch nicht ganz ohne fremde Hilfe.

Im Supermarkt kaufte ich eine Flasche Martini für James Bond und fuhr damit zur Gemeindeverwaltung. An der Pforte fragte ich nach einem jungen Mann, der für Sickerschächte zuständig und sehr witzig und nett sei. Die Dame hinter der Glasscheibe wusste sofort Bescheid.

»Das war sicher unser Herr Ehrmann«, sagte sie. »Immer zu Späßen aufgelegt.« Sie beugte sich ein wenig vor und senkte ihre Stimme vertraulich. »Und wahnsinnig gut aussehend, wenn Sie mich fragen.«

Ich fragte sie, ob sie ihm die Flasche Martini geben könne.

»Sagen Sie ihm, er soll sie gerührt und nicht geschüttelt trinken, dann weiß er schon Bescheid.«

»Mach' ich«, versprach sie. »Aber warum tun Sie das nicht selber?«

»Ich heirate in eineinhalb Monaten«, erklärte ich. »Und wenn er so gut aussieht, wie Sie sagen, lerne ich ihn besser nicht kennen.«

Die Dame nickte lächelnd. Sie verstand mich. Aber Hanna, der ich die Geschichte später erzählte, verstand mich ganz und gar nicht.

»Bist du blöd«, sagte sie. Und noch später, sehr viel später, nach dem großen Knall, sagte sie, dass Menschen, die ihrem Schicksal absichtlich aus dem Weg gehen, an ihrem Unglück selber schuld seien.

Kaum war ich wieder zu Hause, klingelte das Telefon. Sicher war das Alex, der wissen wollte, ob ich mich auch doof genug angestellt hatte. Aber es war nicht Alex, sondern Susanna, meine Cousine aus der Pfalz, die mit mir ein Fachgespräch unter Bräuten führen wollte.

»Was zieht denn der Alex an?«, wollte sie wissen. »Ich frage nur, weil ich gern hätte, dass der Bruno zum Frack einen Zylinder trägt. Aber das will er nicht.«

Bruno als übergewichtiger Zirkusdirektor verkleidet? Warum wollte sie sich das antun?

»Weil man dann nicht sieht, dass er so wenig Haare hat«, sagte Susanna. »Außerdem, ich in Gitti Geiger und Schleier, und er bloß im Straßenanzug, das passt doch nicht zusammen.«

»Ich weiß nicht, was Alex anzieht«, sagte ich. »Die Kleiderfrage löst bei uns jeder für sich, das bringt sonst Unglück.«

»Der Bruno hat aber keinen Geschmack«, klagte Susanna. »Die Heiraterei ist sowieso für den Arsch, sagt er. Wir wollten Steuern sparen, sagt er, und jetzt kostet uns das Ganz so viel, dass wir ein Jahr lang nichts davon haben, sagt er. Er hat schon mehrere Beschwerdebriefe an die Bundesregierung geschrieben.«

»Bruno ist selber für den Arsch«, sagte ich.

»Dabei mach' ich des scho so günschtig, wie's ebe geht«, sagte Susanna und verfiel, wie immer, wenn's ums Sparen ging, in den pfälzischen Dialekt. »Mir bekommet die Eheringe vom Bruno seine Eltern, die krieget die net mehr üwwer ihre Finger, weil sie seit damals so viel zug'nomme hen.«

»Genauso wie Bruno«, murmelte ich.

»Aus massivem Gold sind die Ringe, ganz toll«, fuhr Susanna fort. »Wir müssen nur die Gravur ändern. Vom Bruno seinem Bruder kriegen wir ein Festzelt samt Biertischen und -bänken. Das stellen wir bei uns auf dem Dorfplatz auf, kostet uns keinen Pfennig. Der Bruno sagt, wir brauchen keine Tischdecken, das sei Schnickschnack, aber im Großhandel hab' ich so Papierdecken am Meter entdeckt, total günstig. Wenn wir die als Bürobedarf von der Steuer absetzen, kostet uns das auch nur ein paar Pfennige.«

»Wollt ihr ins Guinness-Buch der Rekorde als das Brautpaar mit der preiswertesten Hochzeitsfeier?«

»Warum nicht?« Susanna lachte herzlich. »Statt Einladungen, zum Beispiel, setzen wir eine Anzeige ins Tageblatt«, erläuterte sie dann. »Wir trauen uns, Susanna Becker und Bruno Senfhuhn, Steuerberater, und darunter Adresse und Telefonnummer. Das ist ja gleichzeitig eine super Werbung für den Bruno und bringt dann wieder neue Kunden. Alles in allem kann der Bruno sich nicht beschweren, oder?«

»Nein«, sagte ich. »Der Einzige, der sich bei euch beschweren kann, bist du. Vor allem, wenn du nach der Eheschließung den Namen Senfhuhn tragen wirst.«

»Das werde ich natürlich nicht«, sagte Susanna und lachte vergnügt. »Das macht man heute gar nicht mehr. Becker-Senfhuhn werde ich heißen. Und du wirst sehen, ich schaffe das auch noch, dass Bruno den Zylinder trägt. Er kann ihn nämlich von seinem Bruder haben, für umsonst, nur einmal getragen.«

Kaum hatte ich den Hörer aufgelegt, klingelte es erneut. Diesmal war es Horst, Alex' Vater. »Carola ist am übernächsten Wochenende bei uns zu Besuch«, sagte er, ohne vorher zu grüßen oder wenigstens seinen Namen zu nennen. Carola war Sylvias Tochter aus erster Ehe, die, der er die Hochzeit finanziert hatte.

»Wie schön«, sagte ich freundlich, denn schließlich finanzierte Horst auch unsere Hochzeit.

»Carola ist mit Calvin und Tommy aus Wiesbaden gekommen«, fuhr Horst fort. Tommy war Carolas Mann und Calvin der kleine Sohn. Wir hatten sie bis jetzt noch nie gesehen, aber Horst sagte: »Ich denke, es ist auch in eurem Interesse, Sylvias Familie endlich kennen zu lernen.«

Unsere Interessen lagen im Augenblick wirklich ganz woanders, aber das würde Horst nicht gelten lassen. Er erwarte uns für Samstag in drei Wochen zum Abendessen, sagte er.

»Ich weiß nicht, ob Alex hier sein wird«, wandte ich ein.

»Er wird da sein«, bestimmte Horst. »Er hat Zeit genug, sich auf diesen Termin einzurichten.«

»Aber«, sagte ich, aber da hatte Horst schon aufgelegt.

Alex stöhnte, als ich ihm am Abend davon erzählte. »Ich muss bis mittags auf der Baustelle bleiben, danach vier Stunden Fahrt, und dann auch noch ein Abendessen bei Horst und Sylvia und Sylvias Familie – nein danke.«

»Dann sag halt ab«, schlug ich vor, aber das wollte er auch nicht.

»Das geht nicht«, seufzte er. »Sonst ist er wieder monatelang beleidigt. Außerdem wollte er fünfzigtausend Mark zu meinem Haus beisteuern, und das tut er nur, wenn wir ihn so lange bei Laune halten.«

»*Unser* Haus«, verbesserte ich, und da lachte Alex nervös.

Das Frühjahr begann mit Sonnenschein. Es war noch kein Blatt auf den Bäumen zu sehen, aber die sommerlichen Temperaturen bewegten unseren Vermieter dazu, sein Schwimmbad für die Badesaison klarzumachen. Er ließ eine Poolabdeckung installieren und erklärte Kassandra und mir den Mechanismus der Rollanlage bis ins kleinste Detail.

»Sobald Sie das Schwimmbad verlassen, muss die Abdeckung geschlossen werden«, sagte Herr Meiser eindringlich. »Das Wasser kühlt sonst zu stark ab. Sollte das Schwimmbad über Nacht offen stehen, kann eine Temperaturschwankung von bis zu einem halben Grad Celsius entstehen.«

Kassandra und ich wechselten respektlose Blicke und nahmen uns vor, bei der nächstbesten Gelegenheit ein wenig Eiswasser in den Pool zu gießen.

Alex kam schon um drei Uhr nachmittags nach Hause. Er sah müde aus, richtig erschöpft. Die viele Arbeit und die Fahrerei am Wochenende machten sich allmählich bemerkbar. Ich streichelte besorgt über seine Stirn.

»Schaffst du es, die ganze Wäsche bis morgen zu waschen, zu trocknen und zu bügeln?«, fragte er und zeigte auf seine Reisetasche. »Ich hab' fast nichts mehr anzuziehen.«

»Natürlich. Du solltest dich etwas hinlegen«, sagte ich, obwohl ich tausend Dinge mit ihm zu besprechen hatte. Unter anderem wollten wir die Zeremonie einstudieren, zumindest den schwierigen Teil, in dem wir sagen mussten, dass wir den anderen beziehungsweise die andere vor Gottes Angesicht zum Mann beziehungsweise zur Frau nehmen, ihm beziehungsweise ihr die Treue halten wollten, in guten und bösen Tagen, in Gesundheit und Krankheit, bis der Tod uns scheidet. Aber Alex fand die Idee mit dem Bett besser.

»Allerdings nur, wenn du dich mit mir hinlegst«, sagte er und zog mich zu sich herab.

Ich lachte. »Ich lasse nur schnell die Jalousien herunter.« Schließlich wollte ich nicht, dass Herr Meiser oder Kassandra unsere Wiedersehensfeier durchs Fenster sehen konnten.

Aber als ich Sekunden später zu Alex zurückkehrte, schlief er schon tief und fest. Ich deckte ihn vorsichtig zu und betrachtete seine entspannten Gesichtszüge. Wie schön er doch war. Dichte, dunkle Haare, die ihm in die Stirn fielen, Wimpern, von denen manche Frauen nur träumen konnten, und Grübchen, die dem eckigen Kinn auch noch in fünfzig Jahren jungenhaften Charme verleihen würden. Alex' Nase war lang und schmal, ein wenig nach unten gebogen, wie bei einem Römer. In einem seiner vielen vorherigen Leben sei er ein hochgestellter römischer Offizier gewesen, sagte Kassandra, ein Mann von großem Ansehen. Manchmal malte ich mir aus, in der gleichen Zeit gelebt zu haben, vielleicht als keulenschwingender Germane diesseits der Alpen, und dann war ich immer heilfroh, dass ich Alex ausgerechnet jetzt, in diesem Leben begegnet war. Ich nahm seine Hand und küsste sie vorsichtig.

»Schlaf schön«, flüsterte ich, und Alex lächelte im Traum. Ich setzte die erste Maschine mit seiner Schmutzwäsche an und bügelte ein paar seiner Hemden besonders schön, während er sich ausruhte.

Schweren Herzens weckte ich ihn am späten Nachmittag, weil wir doch bei Horst und Sylvia zum Essen eingeladen waren. Alex nahm eine Dusche und sagte, er fühle sich schon viel besser.

Es war immer noch sommerlich warm, als wir bei seinem Vater ankamen. Durch das Gartentor bot sich uns ein idyllisches Bild. Sylvia hatte den Tisch unter der großen Kastanie gedeckt, weißes Porzellan auf einer blassgelben Leinentischdecke, mit leuchtend gelben Servietten und Körbchen voller Primeln dekoriert. Der Grill qualmte vor sich hin, und unter einem gelbweiß gestreiften Sonnenschirm war ein aufblasbares Planschbecken aufgestellt, in dem ein nacktes Kind saß. Man konnte nicht erkennen, ob es ein Junge oder ein Mädchen war, denn der dicke Bauch verdeckte, was zwischen den Beinen war. Außer Sylvia und Horst stand noch ein jüngeres Paar am Beckenrand, beide mit gleichen dünnen Baumwolloveralls und Kappen bekleidet, deren Schirm sie nach Art der Freizeitradler über den Hinterkopf gezogen hatten. Die Frau hob das dicke Kind aus dem Wasser und wickelte es in ein großes, gelbes Badetuch.

Horst sah grimmigen Blicks auf seine Armbanduhr, als Alex das Gartentor aufschob.

»Guten Abend«, sagten wir.

Horsts Miene verfinsterte sich noch mehr. Es war, als wäre der Winter kurzfristig wieder über den Garten hereingebrochen.

»Ihr seid zu spät«, sagte Horst anstelle eines Grußes. »Jetzt wird Calvin ins Bett gebracht, und ihr habt keine Gelegenheit, ihn kennen zu lernen.«

»Es ist genau sieben Uhr«, entgegnete Alex. »Ich wusste nicht, dass wir früher kommen sollten.«

»Das hättet ihr euch aber denken können«, sagte Horst und presste die Lippen aufeinander. »Dass kleine Kinder nicht so lange aufbleiben, müsst doch sogar ihr wissen. Ihr könnt wohl kaum erwarten, dass Calvin euretwegen länger aufbleibt.«

Alex hatte plötzlich eine kleine, steile Falte zwischen den Augenbrauen, die ich noch nie zuvor an ihm bemerkt hatte.

»Wir wussten nicht, dass Kevin uns erwartet«, sagte er mit kühlerer Stimme.

»Calvin«, verbesserten Sylvia, Carola und Horst im Chor, und ich überreichte Sylvia schnell den Blumenstrauß, den ich am Morgen für sie gekauft hatte. Es war ein besonders schöner Strauß mit Vergissmeinnicht, rosa Bellis und dicken weißen Ranunkeln, ich hätte ihn am liebsten selber behalten. Sylvia gefiel er auch sehr gut. Sie bedankte sich mehrmals und stellte uns dann Tochter Carola und Schwiegersohn Tommy in den Baumwolloveralls vor. Beide schüttelten uns die Hand, ohne zu lächeln. Ich machte ebenfalls ein ernstes Gesicht.

»Und das ist unser kleiner Mann«, flötete Sylvia und zeigte auf ihren Enkel, von dem augenblicklich nur der dicke Kopf und eine unverhältnismäßig große Hand zu sehen waren. Der Rest war Gott sei Dank unter flauschigem Frottee versteckt. »Gibst du dem Onkel Alexander ein Händchen, Calvin?«

Calvin tat das nicht, aber unter Sylvias drängendem Blick griff Alex seinerseits nach der schlaffen Patschhand und bewegte sie auf und ab. Zu einem freundlichen Wort konnte er sich nicht durchringen, nicht einmal zu einem Lächeln.

»Dem Onkel tut es Leid, dass er zu spät gekommen ist und dich nicht kennen lernen kann«, sagte Sylvia an seiner Stelle. »So was Süßes hat er da verpasst, so was Niedliches, was? Ein pfiffiges Kerlchen, unser kleiner Calvin. Sag, dass du nicht böse bist, sonst ist der Onkel Alexander am Ende noch traurig.«

Calvin ließ den Kopf auf die Seite sinken und lächelte. Dabei legte sich seine Wange in zwei dicke Falten. Ich musste schnell weggucken.

»Ja, nachtragend ist er jedenfalls nicht«, meinte Horst und sah nicht mehr ganz so griesgrämig aus.

Carola überreichte das zentnerschwere Frotteebündel ihrem Gatten.

»Wir sind auch nicht nachtragend«, erklärte sie und lächelte nun doch. »Leute ohne Kinder wirken oft so rücksichtslos und egoistisch. Aber in Wirklichkeit ist das nur Gedankenlosigkeit.«

Ich verspürte große Lust, ihr die Schirmmütze über die Ohren zu stülpen. Die Falte auf Alex' Stirn vertiefte sich.

»Ich habe meine Kinder nicht zur Gedankenlosigkeit erzogen«, sagte Horst. Es klang bekümmert.

»Du hast uns überhaupt nicht erzogen«, erwiderte Alex. »Du hast uns dressiert.«

Alle starrten ihn erschrocken an, ich eingeschlossen. Am meisten erschrocken war allerdings Horst. Nach ein paar Sekunden des Schweigens entschloss er sich, die Bemerkung überhört zu haben. Darüber waren alle sehr froh.

»Die Rippchen sind durch«, sagte er.

»Ich leg' Calvin dann schlafen«, sagte Sylvias Schwiegersohn. »Sag gute Nacht, Opa, gute Nacht, Oma, gute Nacht, Mami, gute Nacht, Tante und Onkel.«

Calvin pupste vernehmlich in das Frotteehandtuch. Alle außer Alex und mir lachten darüber. An Calvins angespanntem Gesichtsausdruck sah ich, dass er bereit war, den Lacherfolg zu wiederholen, aber das Ergebnis seiner Bemühungen konnten wir nicht mehr hören, da Tommy ihn ins Haus trug.

»Du hast aber den Tisch schön gedeckt«, sagte ich zu Sylvia. »So frisch in Gelb und Weiß, passend zum Frühlingswetter.«

Sylvia revanchierte sich sofort. »Gestern kam endlich die Einladung zu Eurer Hochzeit. Das Blau sah sehr schön aus zu dem Gold. Edel.«

»Ja«, sagte ich und setzte mich. »Das hat Hilde ausgesucht.«

Sylvia wandte sich abrupt ab. Zu spät bemerkte ich, dass ich gegen die goldene Regel verstoßen hatte, die Existenz der vorherigen Hausherrin totzuschweigen. Die bloße Erwähnung ihres Namens beleidigte Sylvia auf das Heftigste. Horst sah mich vorwurfsvoll an.

»Hilde hilft uns sehr«, sagte ich bockig. »Wir sind beruflich und durch die Bauerei so sehr eingespannt, das könnten wir allein gar nicht schaffen. Wir sind Hilde sehr dankbar.«

Sylvia starrte beleidigt auf Hildes altes Kletterrosenspalier.

»Wir haben unsere Hochzeit ganz ohne fremde Hilfe organisiert«, verkündete Carola ungefragt. »Die meiste Arbeit hat die Sitzordnung gemacht.«

»Die macht auch Hilde für uns.«

»Das kann ja heiter werden«, sagte Horst und erhob sich. »Ich möchte wissen, in welche Ecke wir gesetzt werden. Da ist das letzte Wort noch nicht gesprochen.«

Schlimm genug, dass du überhaupt kommst, dachte ich und trat Alex unter dem Tisch auf den Fuß. Er grinste mich müde an. Für heute hatte er sein Pulver offenbar verschossen.

»Wir haben bei unserer Hochzeit die Sitzordnung zusammen mit den Einladungen verschickt«, erklärte Carola. »Da wusste jeder Gast von vorneherein, wo er zu sitzen hatte.«

Ihr Mann kam aus dem Haus zurück, das dicke Kind war offenbar schnell eingeschlafen. Horst legte frische Rippchen auf den Grill.

»Und wo sitzen wir?«, fragte Carola. »Hoffentlich nicht

in der Nähe von Rauchern. Calvin verträgt keinen Qualm, gell, Tommy?«

»Hä?«, fragte ich. Carola und Tommy standen definitiv nicht auf der Gästeliste. Warum auch? Aber vielleicht hatte ich mich ja nur verhört. Ich starrte Alex an. Er schaufelte sich den Teller voll mit Endiviensalat und schwieg. Dabei hasste er Endivien.

»Ihr sitzt selbstverständlich bei uns«, sagte Horst zu Carola. »Ihr kennt ja sonst niemanden auf der Feier.«

Uns eingeschlossen. Wir sahen die beiden mit den ulkigen Kappen heute zum ersten Mal in unserem Leben. Ich trat unter dem Tisch weiter nach Alex' Fuß. Er sagte nichts, er hatte den Mund voller Salat, den er widerwillig zerkaute. Fast konnte man glauben, er sei mit seinen Gedanken woanders.

»Calvin braucht natürlich einen Kinderstuhl«, fuhr Carola fort. »Wir könnten unseren mitbringen, falls das Restaurant keinen hat.«

Ich trat ein Loch in Alex' Schuh, aber erst als ich mit meinem Absatz loshackte, hob er den Blick. Ich sah ihn auffordernd an.

»Ähm«, sagte ich und räusperte mich ausgiebig.

»Noch ein Rippchen?«, frage Alex' Vater.

Ich verstärkte den Druck auf meinen Absatz.

»Nein, danke«, sagte Alex und sah mich an. »Worum geht es überhaupt?«

»Carola und Tommy wollen bei unserer Hochzeitsfeier einen Kinderstuhl haben«, informierte ich ihn.

»Aber die sind doch gar nicht eingeladen«, sagte Alex unverblümt. »Oder doch?«

Tommy zeigte keinerlei Reaktion, aber Carola zuckte zusammen. Sylvia sah immer noch angelegentlich auf das Rosenspalier. Ich schüttelte schadenfroh den Kopf.

»Carola, Tommy und Calvin gehören zur Familie«, sagte Horst streng.

Alex stützte beide Hände auf die zartgelbe Leinendecke und erhob sich. »Zu deiner Familie, Horst, aber nicht zu meiner. Ich möchte mir die Gäste auf meiner Hochzeit selber aussuchen.«

Der Ausdruck in seinem Gesicht erfüllte mich mit wildem Stolz. Ich erhob mich ebenfalls, ging um den Tisch herum und stellte mich neben ihn, damit Horst sehen konnte, dass ich ganz auf Alex' Seite stand.

»Ich zahle ein Schweinegeld für diese Hochzeit«, sagte Horst. »Da habe ich wohl auch ein Wörtchen mitzureden. Ich kann nur sagen, ich schäme mich für dein Benehmen.«

»Das beruht auf Gegenseitigkeit«, erwiderte Alex. »Wir gehen. Danke fürs Essen.«

Horst machte Anstalten, nach seinem Arm zu greifen, aber Carola, die ihm zur Linken saß, legte ihre Hand auf seine Faust.

»Lass nur«, flüsterte sie leise. »Reg dich nicht auf, Papa.«

Papa! Sie sagte Papa zu ihm, und das, wo seine eigenen Kinder ihn Horst nennen mussten!

»Wenn ihr nicht eingeladen werdet, dann gehen wir auch nicht«, sagte er und presste seine Lippen so fest aufeinander, dass sie ganz grau aussahen. Welch unvorhergesehene freudige Wendung!

Alex tastete nach meiner Hand. »Das ist allein deine Entscheidung«, sagte er und wandte sich zum Gehen, meine Hand fest in seiner.

Im Gleichschritt verließen wir den Garten.

»Auf Wiedersehen«, sagte ich über die Schulter, aber daran glaubte ich im Grunde nicht.

»Du warst toll«, sagte ich zu Alex, als wir im Auto saßen.

»Mir ist einfach nur der Kragen geplatzt.« Alex wandte mir sein Gesicht zu. Er sah immer noch müde aus, aber die steile Falte zwischen den Augenbrauen war verschwunden. Ich fand ihn unglaublich sexy.

»Können wir nicht da vorne auf den Wanderparkplatz fahren?«

Alex grinste und gab Gas. »Im Bett ist es bequemer.«

»DU HAST IMMER noch kein Kleid?«, schrie Susanna mit überschnappender Stimme ins Telefon. »Du hast doch nur noch drei Wochen bis zum Tag X! Diese Kleider passen niemals wie angegossen, die müssen immer geändert werden.«

»O weia.«

Nur noch drei Wochen bis zum Tag X, und Alex war immer noch in Karlsruhe. Seine Anwesenheit auf der Baustelle sei bis Anfang August *unbedingt* erforderlich, hatte er letzte Woche gesagt, und er könne sogar weder den gesetzlich genehmigten Urlaubstag für die eigene Hochzeit nehmen noch Zeit für den Kauf eines Anzugs und neuer Schuhe aufbringen. Die Karriere ginge nun mal vor.

Ich selber hatte mehr als genug damit zu tun, unsere eigene Baustelle zu betreuen – mittlerweile war bereits die Kellerdecke gegossen – und die Hochzeit vorzubereiten, auch wenn Hilde beinahe alles geregelt hatte. Obwohl wir seit dem Desaster in seinem Garten nichts mehr von Horst gehört hatten, hatte er seine Zahlungen auf das von Hilde eingerichtete Konto nicht eingestellt.

Es würde die schönste und prächtigste Hochzeitsfeier aller Zeiten werden. Hilde hatte ein altes Schloss mit See und Golfplatz ausgemacht, in dem ein Menü mit Getränken nicht unter hundert Mark pro Person kostete. Aber erstens lag das gerade noch im Rahmen des Budgets, wie sie sagte, und zweitens konnte nichts das Ambiente des alten Schlosses aufwiegen, das der Hochzeit einer Prinzessin würdig gewesen wäre. Der Spiegelsaal würde nach Einbruch der Dämmerung mit hunderten von Kerzen beleuchtet werden, die in echt silbernen Wandhaltern steckten. Die Kaffeetafel würde auf der eufeuumrankten Terrasse mit Blick auf den Park inklusive zweihundert Jahre alter Kastanien und See gedeckt werden, ganz in Grün und Weiß. Hildes Blumendekoration hatte meine Zustimmung gefunden. Sie war wirklich ein Organisationstalent mit Geschmack, zum Weiterempfehlen tüchtig. Sie war es auch, die das Problem mit Alex' Garderobe löste. Sie kaufte einen hellgrauen Dreiteiler und ein entzückend altmodisches weißes Hemd für Alex.

»Mit einem Vatermörderkragen«, sagte sie stolz. »Von Horst und Sylvia ist noch immer keine Zusage gekommen. Es wird ein wunderschönes Fest werden.«

Hilde hatte auch eine Band organisiert. Es waren die Instrumentalisten von *The Piano has been Drinking*, nur mit einem anderen Frontsänger. Sie kosteten viertausend Mark für den Abend, aber Hilde sagte, sie seien Horsts Geld absolut wert.

Der Hochzeitstisch im Kaufhaus war fast leergekauft. Ich musste hinfahren und ihn ergänzen. Etwas in Eile wählte ich ein schnurloses Telefon, eine blauweiß gestreifte Thermoskanne, einen Rasenmäher, einige Schneekugeln für meine Schneekugelsammlung sowie einen Bildband über Irland.

Mit Erstaunen hatte ich festgestellt, dass sich fast alles auch ohne Alex' Anwesenheit regeln ließ, selbst die kompliziertesten Dinge. Mit den Maurern auf unserer Baustelle war ich mittlerweile per du. Wenn ich vorbeikam, um zu schauen, ob die Fenster an der richtigen

Stelle ausgespart worden waren, tranken wir ein Malzbier aus der Flasche zusammen und hielten Fachgespräche über Ringanker und Moniereisen, und dann lachten die Maurer und sagten, ich sei eine ulkige Marke.

Auch alles andere hatte ich gut im Griff. Die Bank hatte ich ein paar Wochen vertröstet, der neue Notartermin wegen der Grundbucheintragung war morgen, aber damit würde dann auch die allerletzte Formalität geregelt sein.

Der Einzige, der Alex' Anwesenheit in dieser Zeit für unbedingt erforderlich hielt, war der Pfarrer, der uns trauen sollte.

»Wenigstens einmal möchte ich den jungen Mann vorher persönlich sehen«, sagte er streng. »Ich kann Ihnen kein Eheversprechen abnehmen ohne ein vorheriges Gespräch. Und das Hochzeitsprotokoll muss von beiden unterschrieben werden. Das ist eine Vorschrift, die selbst Sie nicht einfach umgehen können.«

»Erklären Sie mir das Notwendige«, bat ich ihn. »Ich werde Alex den Ablauf der Zeremonie rüberfaxen, und er wird alles auswendig lernen, das verspreche ich Ihnen. Und einen Tag vorher kommen wir beide noch einmal vorbei, und dann können Sie ihn ja persönlich kennen lernen und letzte Instruktionen erteilen.«

»Also gut«, murrte der Pfarrer. »Obwohl das ja sehr ungewöhnlich ist, wenn Sie mich fragen.«

Ich hatte also wirklich alles im Griff, das Einzige, was fehlte, war mein Hochzeitskleid.

»Das Ändern kostet nichts extra«, sagte Susanna am Telefon. »Mein Kleid wurde auch geändert. Eigentlich hatte ich vor, bis zur Hochzeit noch fünfzehn Kilo abzunehmen, aber die Frau im Laden sagte, es ist besser, sich nicht darauf zu verlassen.«

»Ich war schon in drei Brautmodengeschäften, und ich habe nicht ein Kleid gesehen, das mir gefallen hätte«, sagte ich nachdenklich. Ich suchte nach etwas ganz Bestimmtem, schlicht und edel, aus cremefarbener Wildseide, ohne Schleifen und Spitze, ohne Puffärmel und Reifrock, ohne Strass und Perlen. Aber was ich suchte, schien es nicht zu geben und niemals gegeben zu haben, wenn man den Auskünften der Verkäuferinnen Glauben schenken konnte.

»Gitti-Geiger-Brautleider gibt es auch in Köln«, rief Susanna froh. »Ich habe mich erkundigt. Bis Größe sechsundvierzig.«

»Ich habe achtunddreißig«, sagte ich. »Und bei Gitti Geiger war ich schon. Da gab's nicht ein einziges schönes Kleid.«

»Doch«, widersprach Susanna. »Meins. Das Modell heißt Herzogin Sarah, und es ist ein Traum. Meinst du, dem Bruno wird es gefallen?«

»Bestimmt nicht, wenn er den Preis erfährt.«

»Man heiratet nur einmal«, sagte Susanna, und: »Die Hochzeit ist der schönste Tag im Leben einer Frau. Außerdem kann ich es nachher wieder verkaufen.«

»Steht euer Termin jetzt fest?«

Susanna bejahte. »Wir heiraten im Juli, weil da Ferien sind, und der Bruno sagt, dann sind die meisten in Urlaub. Je mehr Leute absagen, desto weniger kostet es uns, sagt der Bruno. Die meisten wollen sich doch nur auf seine Kosten satt essen, sagt er.«

»Sind wir auch eingeladen?«

»Ja«, sagte Susanna. »Das hab' ich durchgesetzt. Wir schicken euch eine Kopie von der Anzeige im Tageblatt. Die Kopien und das Porto kann Bruno von der Steuer absetzen, das kostet uns sozusagen keinen Pfennig.«

Mir war auf einmal todschlecht. »Ich weiß nicht, ob wir im Juli Zeit haben«, sagte ich matt. »Durch die Bauerei und so weiter. Und vielleicht holen wir ja auch unsere Flitterwochen nach, wenn noch Geld übrig ist.«

»Den Bruno würd's freuen«, meinte Susanna.

Ich legte eine Hand auf meinen Magen. »Ich glaube, ich muss mich übergeben.«

»Das ist die Aufregung«, sagte Susanna. »Mir wär' auch schlecht, wenn ich an deiner Stelle wär'. Nur noch drei Wochen bis zur Hochzeit und immer noch kein Kleid!«

Am nächsten Tag war mir immer noch schlecht. Ich trank Kamillentee und aß Zwieback, aber das half alles nichts.

»Ich brauche jetzt wirklich ein Kleid«, sagte ich zu Hanna. Sie und ich hatten sämtliche Brautmodengeschäfte der Stadt durchforstet. Dabei hatten wir eine Menge unfreundlicher Verkäuferinnen kennen gelernt, die einem auch das letzte bisschen Spaß an der Sache zu verderben wussten. Bevor man eine der kostbaren weißen Roben anprobieren durfte, musste man sich auf ein Höckerchen stellen und bekam eine Art Duschhaube und Schlabberlätzchen aus Kunststoff umgehängt, damit das gute Stück nicht mit Make-up-Flecken verschmutzt wurde. Nicht mal das Anprobieren machte Freude.

»Ich weiß noch einen Laden mit ausgeflippten Abendkleidern«, sagte Hanna nachdenklich. »Vielleicht haben die ja was in Weiß. Sonst muss ich dir was nähen.«

Am Nachmittag ging es mir ein bisschen besser, jedenfalls gut genug, um mit Hanna einkaufen zu gehen. Der Laden, den sie gemeint hatte, lag abseits der

Ringe in einer kleinen Seitenstraße: *Rebecca Raabe, Modedesign*. Er war klein, aber originell, der ganze Boden mit feinem Quarzsand bestreut, die beiden Umkleidekabinen wie mittelalterliche Rundzelte gestaltet. Auch die Kleider waren sehr ungewöhnlich und trugen ausgefallene, witzige Namen. Eines gefiel mir besonders gut. Es war hauteng und gelb mit braunen Rauten, einem hohen Stehkragen und einem borstigen Mähnenkamm auf dem Rückenteil, und es hieß *Frühstück im Stehen, aus dem Alltag einer Giraffe*. Ein anderes sah aus wie das Kostüm einer Meerjungfrau, über und über mit Schuppen in allen Blau- und Grünschattierungen besetzt und mit einem engen Rock, der in einem angedeuteten Fischschwanz endete. Es hieß *2000 Meilen unter dem Meer* und kostete nur vierhundertfünfzig Mark. Die allerschäbigsten Brautkleider hatten schon mehr als das Doppelte gekostet.

»Wie kann das sein?«, flüsterte ich Hanna zu. »So wenig für so ein wahnsinnig tolles Kleid?«

»Wir fragen, ob die was in Weiß haben«, schlug Hanna vor. Auf dem alten Schreibtisch, der als Ladentisch diente, saß eine junge Frau mit einem Buch im Schoß.

»In Weiß?«, überlegte sie, als Hanna sie nach einem Hochzeitskleid fragte. »Kann es auch cremefarben sein?«

»Ja«, sagte ich. »Das fänd' ich sowieso besser.«

Die Verkäuferin rutschte vom Ladentisch. »In der Vorjahreskollektion gab es ein cremefarbenes Kleid, in dem man durchaus heiraten könnte«, sagte sie. »Es heißt zwar *Champagner nach geglückter Flucht*, aber Sie könnten es ja umtaufen, da hätte meine Schwester sicher nichts gegen.«

Sie verschwand für eine Weile durch die Hintertür.

Hanna und ich sahen uns in der Zwischenzeit weiter um.

»Wenn das Champagnerkleid nichts ist, dann nehme ich auf jeden Fall ein anderes von denen hier«, sagte ich wild entschlossen zu Hanna. »Ich habe noch niemals so lustige und schöne Kleider gesehen.«

»Das sagte ich doch«, meinte Hanna und probierte einen Hut an. Er war feuerrot und rund, und auf seiner Spitze waren aus Filz grüne Blätter und ein kleiner Stiel angebracht. Das Modell hieß schlicht Tomate, und Hanna sah total süß damit aus.

»Dazu gibt es auch ein passendes Kleid.« Die junge Verkäuferin war wieder hereingekommen, ein cremefarbenes Kleid über dem Arm. »Ich hab's gefunden«, verkündete sie lächelnd.

Champagner nach geglückter Flucht war aus grober Wildseide, vorne ganz hoch geschlossen, hinten mit einem Ausschnitt bis fast zum Hintern, darunter ein weiter Ballonrock, der in Knöchelhöhe endete. Die langen Ärmel waren wie Stulpen an der Schulter befestigt, man konnte sie abknöpfen und ärmellos gehen, wenn man wollte. Es war genau das Kleid, das man nach einer unglücklichen Liebesnacht als Seelentrost anziehen sollte, wenn man rechtzeitig die Kurve gekratzt hatte.

»Lieber Gott, mach, dass es mir passt«, sagte ich begeistert.

Die Verkäuferin lächelte. »Probieren Sie's.«

Während ich das wildseidene Kleid anprobierte, nahm Hanna das Modell *Tomate* mit in die Nachbarkabine. Beide Kleider passten wie für uns gemacht.

»Ich nehm' das«, sagte ich glücklich, und Hanna sagte das Gleiche. »Und den Hut auch, natürlich. Ich bin schließlich Trauzeugin.«

»Gut«, meinte die Verkäuferin. »Die *Tomate* kann ich Ihnen nicht billiger lassen, aber das Champagnermodell, na ja, das hat sich im letzten Jahr nicht besonders gut verkauft. Niemand ist auf die Idee gekommen, es als Brautkleid zu tragen. Nehmen Sie's für dreihundert?«

»Ja«, rief ich.

»Fein«, sagte die Frau und packte uns die Kleider in glänzende Tüten aus schwerem Lackpapier. »Viel Spaß bei Ihrer Hochzeit.«

Als ich die Tüte mit meinem wunderbaren Kleid entgegennahm, wurde mir ganz plötzlich wieder todschlecht, und noch ehe ich überhaupt wusste, was ich tat, hatte ich mich vor dem Ladentisch erbrochen. Hanna konnte gerade noch ihre Schuhe in Sicherheit bringen.

»Elisabeth«, rief sie erschrocken. Ich schwankte ein wenig. Die Verkäuferin schob mir wortlos einen Korbstuhl unter den Hintern.

»Tut mir Leid«, flüsterte ich. »Das ist mir noch nie passiert.«

Die Verkäuferin lächelte. »Das ist nicht schlimm«, meinte sie, »das ist ja nur Sand, den kann man einfach wegkehren. Möchten Sie ein Glas Wasser?«

Ich schüttelte den Kopf. »Besser nicht.«

»Das scheint mir aber eine komische Magenverstimmung zu sein«, sagte Hanna skeptisch. »Vielleicht bist du am Ende schwanger.«

Ich starrte überrascht zu ihr hinauf. Es war durchaus möglich. Seitdem Alex so häufig in Karlsruhe war, hatte ich meine täglichen Temperaturmessungen völlig vernachlässigt, und auch Alex hatte aus der Ferne den Überblick verloren. Er war viel zu sehr mit seiner Baustelle beschäftigt, um noch genau zu wissen, der wievielte Zyklustag gerade war. Meine letzte Menstruation lag jedenfalls Lichtjahre zurück.

»Schwanger«, wiederholte Hanna, als ich nichts erwiderte.

Die junge Verkäuferin entsorgte den vollgekotzten Sand mit einer Kehrichtschaufel. »Keine Sorge, das Kleid passt auch noch im vierten Monat.«

»Am besten, du gehst gleich zum Frauenarzt«, schlug Hanna vor. »Dann weißt du Bescheid.«

»Das geht nicht. Heute ist der Termin beim Notar wegen des Grundstücks. Ich habe ihn schon einmal verschoben«, sagte ich.

Hanna klopfte mir leicht auf den Oberarm. »Ich denke, der lässt sich auch noch einmal verschieben.«

»Nein«, seufzte ich. »Das ist wichtig. Wenn wir diese Grundbucheintragung nicht machen, können wir den Kreditvertrag nicht unterschreiben. Von dem Geld, das Alex auf mein Konto überwiesen hat, sind nur noch zweiunddreißigtausend Mark übrig, das reicht nicht mehr weit.«

»Na hör mal, das Kind geht doch wohl vor«, sagte Hanna, und die Verkäuferin nickte dazu.

»Wenn du sofort gehst, schaffst du vielleicht auch noch den Notar«, sagte Hanna und zog mich aus dem Laden.

»Viel Glück«, rief die Verkäuferin hinter uns her. »Wäre nett, wenn Sie mir Bescheid sagen, ob Sie tatsächlich schwanger sind.«

Hanna kutschierte mich mit ihrer alten Ente zum Frauenarzt. Sie fuhr, als hätte ich bereits Presswehen.

»Ist das aufregend«, rief sie.

»Halt sofort an«, schrie ich, und Hanna bremste mitten auf der Kreuzung. Der nachfolgende Wagen fuhr uns um ein Haar hinten drauf. Der Fahrer gestikulierte wild und machte Anstalten, aus dem Wagen zu springen, aber als ich die letzten Reste Zwieback und Kamillentee auf die Fahrbahn kotzte, nahm er davon Abstand.

»Du kannst weiterfahren«, sagte ich zu Hanna und schloss die Tür wieder. »Jetzt ist alles draußen.«

Hanna parkte unmittelbar vor der Arztpraxis im absoluten Halteverbot. »Da wären wir.«

»Den Rest kann ich allein«, sagte ich, aber sie bestand darauf, mich zu begleiten.

»Stell dir nur mal vor, du bist überhaupt nicht schwanger«, sagte sie. »Dann brauchst du jemanden, der dich tröstet und dir Magentabletten kauft.«

Ich kicherte matt.

»Es ist ein Notfall«, sagte Hanna zu der Sprechstundenhilfe. »Meine Freundin ist schwanger.«

Die Sprechstundenhilfe reichte mir mit verständnisvollem Nicken ein kleines Plastikgefäß mit Deckel. »Füllen Sie bitte Ihren Urin hinein, bevor Sie im Wartezimmer Platz nehmen«, sagte sie, und ich tat wie geheißen.

»Soll ich mitkommen?«, fragte Hanna noch, aber es gibt Dinge, bei denen möchte man auch die beste Freundin nicht dabeihaben.

Hanna wartete also brav zwischen schwangeren Frauen und Zeitschriften, bis ich aus dem Behandlungszimmer kam.

»Und?«

Das Gleiche hatte ich den Arzt auch gefragt. Er hatte mich mit unbewegten Gesichtszügen angesehen und geantwortet: »Sie sind schwanger, junge Frau.«

Erst als ich gelächelt hatte, hatten sich seine Gesichtszüge ebenfalls entspannt. Er hatte wohl nicht recht gewusst, ob er ein ernstes oder ein fröhliches Gesicht machen sollte. Aber als ich nicht losheulte, rang er sich sogar zu einem »Gratuliere« durch.

»Schwanger«, sagte ich zu Hanna. »Vierte Woche.«

Hanna strahlte. »Habe ich doch gleich gewusst«, rief sie und: »Ach, ich wünschte, ich wäre auch schwanger.«

Schwanger! Auf dem Ultraschall hatte ich den kleinen Schatten gesehen, von dem der Arzt gesagt hatte, er sei mein Kind. Meine Übelkeit war wie weggeblasen. Ich fühlte mich wie nach zwei Gläsern Champagner, leicht und wie in Watte gepackt.

»Ich fahre dich lieber direkt nach Hause«, sagte Hanna, als wir wieder in der Ente saßen, die entgegen allen Erwartungen und ohne Knöllchen immer noch an der Bushaltestelle stand. »Du kannst dein Auto bis morgen stehen lassen.«

Ich nickte. »Liebe, liebe Hanna, möchtest du Patentante werden?«

Die Ente machte einen fröhlichen Schlenker. »Das müssen wir feiern«, rief Hanna. »Hast du Sekt im Kühlschrank? Ach nein, so was Gutes darfst du ab jetzt nicht mehr trinken. Wir halten am Reformhaus und holen Möhrensaft aus biologischem Anbau.«

»Ein winzig kleiner Schluck Champagner kann wohl nicht schaden«, sagte ich, und Hanna fuhr auf den Parkplatz des nächsten Supermarktes. Wir kauften alles, wonach uns zu Mute war: zwei Flaschen Champagner, frische Erdbeeren, gesalzene Pistazien und einen Tiegel Trüffeleiscreme. Hanna wollte auch ein Glas Essiggurken für mich in den Einkaufswagen legen, aber ich hasste saure Gurken, und daran hatte sich bis jetzt noch nichts geändert.

»Das kommt aber hoffentlich noch«, sagte Hanna enttäuscht und stellte die Gurken zurück ins Regal. »Alle Schwangeren haben Heißhunger auf saure Gurken.«

In Alex' und meiner Wohnung feierten wir eine ausgelassene Party, nur Hanna, das Kätzchen und ich. Wir probierten unsere neuen Kleider an, tranken den Champagner und tanzten zu Eric Clapton unplugged. Gerade als wir uns Sofakissen unter die Klamotten gestopft hatten und den typischen Entengang der Schwangeren übten, huhute Kassandra vor der Tür. Heute war sie ganz in Violett gekleidet, ein dicker Amethyst, von zwei schmalen Lederriemen gehalten, lag auf ihrer Stirn wie ein drittes Auge.

Wir boten ihr ein Glas Champagner und Erdbeeren an.

»Was gibt es denn zu feiern?«, fragte sie.

»Rate mal«, rief ich und drehte mich mit dem Sofakissen unterm Kleid einmal um die eigene Achse.

»Du bist schwanger«, tippte Kassandra, und ich nickte heftig.

»Da siehst du mal, was für eine starke Intuition ich habe«, sagte sie.

Hanna boxte fröhlich auf meinen Kissenbauch. »Und ich erst«, sagte sie. »Du musstest nur mal auf den Boden kotzen, und schon wusste ich Bescheid.«

Plötzlich fiel mir etwas ein. »Was wird Alex wohl dazu sagen?«, fragte ich. Für ein paar Stunden hatte ich ihn wirklich ganz und gar vergessen.

»Sicher freut er sich«, meinte Hanna. »Ruf ihn gleich an.«

Aber das wollte ich nicht. Durchs Telefon, im Hintergrund der Baulärm, sagte frau einem Mann nicht, dass er Vater wurde. So was machte frau stilvoller, das konnte man jeden Tag in der Werbung sehen. Nach einem Spaziergang in den Dünen in dicken wollweißen Zopfpullis im Partnerlook gab es eine gute Tasse Kaffee, und statt Plätzchen wurde dem werdenden Vater ein Päckchen mit niedlichen Babyschuhen überreicht, das Ganze ohne Worte, nur mit mitreißender Musik unterlegt.

»Dünen und Kaffee, du spinnst wohl«, sagte Hanna. »Wo der Kerl nicht mal Zeit hat, am Wochenende nach Hause zu kommen! Nein, den Gag mit den Schühchen musst du dir wohl bis zum zweiten Kind aufbewahren. Vielleicht ist er bis dahin wieder originell.«

»Du könntest nach Karlsruhe fahren und es Alex persönlich sagen«, schlug Kassandra vor. »Das ist auch romantisch.«

»Es ist Mittwoch, und morgen muss ich arbeiten«, wandte ich ein. »Das Hummelchen kann auch nicht alleine bleiben.«

»Die Katze nehme ich«, erbot sich Kassandra.

»Und ich melde dich krank«, ergänzte Hanna. »Nicht mal eine Lüge, so wie du gekotzt hast.«

Ich sah von einer Freundin zur anderen, dachte an Alex' überraschtes Gesicht und hatte keine Gegenargumente mehr.

»Okay«, sagte ich. »Wer fährt mich zum Bahnhof?«

Das Hotel, in dem die Firma Alex untergebracht hatte, war eins von der nobleren Sorte. Es hatte ein wunderschön verziertes Portal, eingerahmt von Säulen und in Stein gemetzelten Statuen. Die Zimmer hatten schmale, hohe Sprossenfenster, die bis auf den Boden reichten und oben mit einem Rundbogen abschlossen.

Zufrieden bezahlte ich den Taxifahrer, nahm meinen

kleinen Lederrucksack und stieg aus. Das war das richtige Ambiente, um einem Mann auf stilvolle Weise mitzuteilen, dass er Vater wurde.

Auch innen sah alles genauso aus, wie ich es mir vorgestellt hatte. Dicke rote Teppiche auf grau gesprenkeltem Terrazzoboden, Säulen und goldgerahmte Bilder, ein riesiger Kronleuchter an der Decke. Der junge Portier hinter dem steinernen Empfangstresen trug eine rotgoldene Uniform, nicht unbedingt bequem, aber ein Augenschmaus.

»Ich möchte zu Alexander Baum«, sagte ich.

»Herr Baum hat Zimmer dreihundertundsieben«, sagte der Portier. »Aber er ist nicht im Haus.«

Ich lächelte. »Ich will ihn überraschen. Ich bin seine – Braut.«

Der Portier hob ungläubig die Augenbrauen.

»Ehrlich«, beteuerte ich. Dann fiel mir etwas ein. Ich trug seit Wochen die Kopien der Standesamtunterlagen mit mir herum. Wenn das kein Beweis war! Ich holte die Papiere aus meiner Handtasche und blätterte sie dem Portier auf den Tresen.

»Sehen Sie«, sagte ich. »Wir heiraten in drei Wochen.«

Der Portier kratzte sich verlegen am Kopf.

»Außerdem bin ich schwanger«, sagte ich und kramte das Ultraschallbild hervor. »Da, sehen Sie? Sie müssen mir einfach glauben.«

»Was wollen Sie eigentlich von mir?«, fragte der Portier.

»Ich möchte, dass Sie mich in seinem Zimmer warten lassen«, sagte ich und lächelte, so charmant ich konnte.

»Warum sagen Sie das denn nicht gleich?« Der Portier nahm den Schlüssel von der Konsole hinter sich.

Ich raffte meine Papiere einschließlich des Ultraschallbildes wieder von der Theke. »Ich dachte, das wäre nicht so einfach«, murmelte ich.

Alex' Zimmer war wie geschaffen für eine romantische Nacht und eine Eröffnung wie die, die uns bevorstand. Es war ganz in dunklen Rottönen gehalten, eine altmodisch gemusterte Tapete, ein Bettüberwurf mit Paisleymuster und Vorhänge aus schwerem Samt. Nicht wirklich schön, aber stilvoll.

Ich sah auf meine Armbanduhr. Zwanzig nach zehn, Alex war sicher irgendwo einen Happen essen gegangen. Seit er im Hotel wohnte, hatte er vier Kilo zugenommen. Ich fand, dass es ihm stand, aber Hilde hatte Angst, er passe nicht mehr in den hellgrauen Dreiteiler, wenn das so weiterginge. Ich selber hatte vor lauter Stress vier Kilo abgenommen. Aber das würde ja nun anders werden. Im Spiegel über dem Waschbecken nebenan sah ich ziemlich mitgenommen aus. Noch war keine Spur von jenem schmelzenden Teint zu erkennen, den Schwangere angeblich bekommen, lediglich das verklärte Grinsen verriet mich.

Ich wusch mir das Gesicht mit eiskaltem Wasser, bürstete die Haare über den Kopf zu einer voluminösen Lockenmähne und legte ein kleines Make-up auf, etwas Rouge, kussechten, karamellfarbenen Lippenstift, Wimperntusche und Kajal. Anschließend gefiel ich mir bedeutend besser.

Vor dem Spiegel übte ich einen angemessenen Gesichtsausdruck, als ich nebenan die Tür gehen hörte. Auf Zehenspitzen schlich ich an die Badezimmertür und öffnete sie einen Spalt weit. Alex zog gerade seine Winterjacke aus und hängte sie ordentlich auf den stummen Diener neben dem Bett.

Gerade als ich der Badezimmertür einen Schubs verpassen und mich lässig in den Rahmen lehnen wollte, klopfte es an die andere Tür.

Alex öffnete. »Es ist spät«, sagte er.

Eine junge Frau mit glänzenden blonden Haaren lehnte sich in den Türrahmen. Sie trug einen blütenweißen Frotteebademantel, der mit einem Gürtel in der Taille zusammengehalten wurde. Ich hatte genau den gleichen.

»Zu spät für was?«, fragte sie und lachte glockenhell.

Ich zuckte zusammen, schloss kurz die Augen und öffnete sie wieder. Die Frau im Bademantel war Tanja Soundso, die Praktikantin, mit der ich ein paarmal telefoniert hatte. Ich kannte ihre Stimme und ihr Lachen.

Aber ich kannte auch ihr Gesicht. Es gehörte der eigenartigen Frau, die vor Weihnachten im Familienbildungswerk aufgetaucht war und ihr noch nicht gezeugtes Kind anmelden wollte. Den Kopf an den Türspalt gepresst, begann ich, unkontrolliert mit den Zähnen zu klappern.

»Tanja«, sagte Alex, »kannst du dir vorstellen, dass ich auch mal ein bisschen Erholung benötige?«

Tanja lachte ihr glockenhelles Lachen. »Wirklich?«

Mit einer einzigen, geschmeidigen Bewegung zog sie den Gürtel ab und ließ den Bademantel über ihre Schulter auf den Boden gleiten. Darunter trug sie schwarze, halterlose Strümpfe und sonst gar nichts.

»Aber gut, wenn ich wieder gehen soll, musst du es nur sagen«, schmollte sie. Ich hielt die Luft an und wartete.

»Komm rein in Gottes Namen«, sagte Alex, aber kein Messer fuhr in mein Herz, keine eisige Hand griff nach meiner Kehle. Ich atmete einfach weiter hinter der Badezimmertür und starrte mit trockenen Augen durch den Spalt. Alex drehte mir seinen Rücken zu, sodass ich sein Gesicht nicht sehen konnte, aber an seiner Stimme hörte ich, wie er lächelte.

Tanja lehnte sich wieder in den Türrahmen, ungefähr so, wie ich es vorhin hatte tun wollen, und räkelte sich lasziv.

»Erst musst du mir sagen, dass du mich liebst«, forderte sie.

»Tanja, nicht schon wieder das Spiel«, sagte Alex. »Komm rein, bevor dich jemand sieht.«

Tanja bückte sich nach ihrem Bademantel. »Dann sag mir wenigstens, dass du mich hübsch findest.«

Alex' Hand streichelte über den zart gebräunten Hintern. Sonnenbankgebräunt, das sah man an den zwei weißen Flecken an der rundesten Stelle. »Sehr hübsch. Komm schon rein, kleine Wildkatze.«

Kleine Wildkatze, das war niedlicher als kleiner Knurrhahn, kleine Wildkatze war der richtige Name für jemanden mit schwarzen, halterlosen Strümpfen. Ich atmete ein und aus und ein und aus, und ich lebte immer noch.

»Hübscher als deine *Elisabeth*?«, fragte Tanja und machte einen kleinen Schritt über die Schwelle. Für den Bruchteil einer Sekunde sah ich aus dem Schatten des Türspaltes direkt in ihre Augen. Hellblaue Augen mit ganz kleinen Pupillen. Keine Frage, sie war die berechnende, eiskalte Frau, die Kassandra in den Karten gesehen hatte.

»Du bist anders«, sagte Alex zu ihr.

Tanja zog einen Schmollmund. »Ich hab' sie doch gesehen. Ich bin viel hübscher. Sag es, oder ich gehe wieder.«

»Du bist viel hübscher«, sagte Alex in leicht leierigem

Tonfall. »Du bist überhaupt die Schönste und die Beste. Du bist meine Wildkatze!«

Er schloss die Tür mit einem lässigen Fußtritt. Ich sah jetzt ganz deutlich das breite Grinsen auf seinem Gesicht. Tanja ließ sich rücklings auf das Bett fallen. Jetzt hatte ich nur noch ihre Beine in den schwarzen Strümpfen auf dem roten Paisleymuster im Blickfeld.

»Warum heiratest du dann nicht mich?«, fragte sie. »Das verzeihe ich dir niemals.«

Alex zog seine Jeans aus. Dabei drehte er sein Gesicht in meine Richtung. Ich erschrak, riss blitzschnell meinen Kopf zurück und lehnte mich an die kühlen Kacheln der Badezimmerwand. Meine Zähne klapperten so heftig aufeinander, dass man das Geräusch meterweit hören musste.

»Hast du vielleicht ein Baugrundstück?«, fragte Alex nebenan. »Verdienst du dein eigenes Geld? Na siehst du! Außerdem liebe ich Elisabeth, auf meine Art. Sie ist ein patentes Mädel.«

»Soll ich gehen?« Tanja klang leicht beleidigt.

»Bloß nicht! Ich dusche nur zuerst«, sagte Alex. Meine Knie gaben nach. Langsam glitt ich an den Kacheln hinab.

»Ich war den ganzen Tag unterwegs.« Alex' Stimme kam näher.

»Zeitverschwendung«, erwiderte Tanja. »Wir duschen nachher zusammen. Miau, miau! Die Wildkatze wartet schon.«

Ich blieb auf dem Fußboden hocken, schlang die Arme um die Knie und schloss meine Augen. Das passiert alles nicht wirklich, dachte ich.

Nebenan knirschten die Bettfedern, das glockenhelle Miauen klang jetzt etwas atemlos. Meine Knie fühlten sich an wie Pudding, nicht mal die Hände konnte ich heben, um sie mir auf die Ohren zu pressen.

»Müssen wir nicht aufpassen?«, hörte ich Tanja nach einer Weile fragen. Ich hob lauschend den Kopf.

»Keine Sorge«, erwiderte Alex. »Heute ist der vierundzwanzigste Tag deines Zyklus.«

Das gab mir den Rest. Alex wandte *Doktor Rötzels natürliche Empfängnisplanung* auch bei Tanja an! Ich weiß nicht, warum ich mich ausgerechnet jetzt daran erinnerte, dass ich das Buch damals bezahlt hatte.

Auf einmal hatte ich wieder Kraft in den Beinen. Lautlos erhob ich mich und schlich zurück an meinen Türspalt. Ich wollte nicht sehen, wie sich Alex' haarige Beine auf den schwarzen Strümpfen ausmachten, ich wollte nur weg hier, ehe mich jemand sah.

Tanja stieß in regelmäßigen Abständen kleine, spitze Schreie aus, ungefähr so: »Iih, iih, iih«, und Alex stöhnte leise. Das Stöhnen war mir sehr vertraut, er atmete dabei durch die Nase und hielt die Augen geschlossen. Ich wusste genau, was jetzt kam, ich kannte sein Timing im Schlaf.

Ohne besondere Rücksicht auf eventuelle Geräusche packte ich meine Bürste und das Make-up-Täschchen in den Rucksack, griff nach meiner Handtasche und öffnete die Badezimmertür. Von hier bis zur Zimmertür hinaus auf den Flur waren es ungefähr viereinhalb Meter. Ich wartete auf den richtigen Zeitpunkt, um loszusprinten, ohne dass die beiden auf der Paisleydecke mich bemerkten.

»Iiihiiiiihiiiihiiiiihiiiih«, schrie Tanja durchdringend, aber Alex war noch nicht so weit.

Sein Stöhnen musste sich erst zu einem Schnauben steigern, danach in ein rhythmisches Röhren übergehen. Tanja kannte sein Timing offenbar auch schon. Nach dem Dauerschrei begann sie erneut mit ihren kleinen, spitzen Schreien, die klangen aber nicht so echt wie vorher. Hoffentlich behielt sie bei ihren gespielten Orgasmen wenigstens die Augen geschlossen.

Als Alex' Schnauben in Röhren überging, die spitzen Schreie immer schneller hintereinander ertönten, rannte ich über den roten Teppichboden, riss die Tür auf und zog sie leise hinter mir ins Schloss, ohne einen Blick auf das Bett zu riskieren. Schwer atmend warf ich mich im Flur an die Wand.

Das schrille »Iihiiiiihiiiihiiiiihiiiih« mischte sich drinnen mit einem sonoren »Öööööööööööööh!« Die beiden waren perfekt aufeinander abgestimmt.

Zur gleichen Zeit kotzte ich auf den dicken flauschigen Teppichboden im Hotelflur. Das Erbrochene zog sofort ein.

VOR DEM PORTAL des Hotels wartete ein Taxi, wie für mich bestellt. Ich öffnete die Tür und ließ mich auf den Beifahrersitz fallen.

»Müller, nach Landau?«, erkundigte sich der Taxifahrer. Er hatte offensichtlich nicht auf mich gewartet. Ich wollte aber um keinen Preis noch einmal aussteigen.

»Ja, Müller«, flüsterte ich. »Aber zum Bahnhof. Ich fahre mit dem Zug.«

Der Taxifahrer gab Gas. Im Außenspiegel sah ich einen Mann mit Koffer vor das Portal treten, der sich suchend umschaute. Herr Müller, dachte ich. Tut mir echt Leid, aber das hier ist ein Notfall. Ich lehnte mich zurück und zählte die vorbeiflitzenden Straßenlaternen, um nicht vor dem Taxifahrer weinen zu müssen. Trotzdem reichte er mir nach einer Weile ein Taschentuch herüber, ohne Worte. Ich schnupfte dankbar hinein, ebenfalls ohne Worte.

Die Fahrt zum Bahnhof kostete nur vierzehn Mark dreißig.

»Wieso habe ich auf dem Hinweg dreiundzwanzig Mark bezahlt?«, fragte ich den Taxifahrer, um wenigstens irgendetwas zu sagen.

Er zuckte mit den Achseln. »Da hat man Sie wohl übers Ohr gehauen.«

Ich gab ihm einen Zwanzigmarkschein.

»Hat Ihnen Karlsruhe gefallen?«, fragte er erfreut.

Ich schüttelte bedauernd den Kopf.

»Kommen Sie trotzdem mal wieder. Tut mir echt Leid für Sie.«

Ich tat mir selber Leid. Kaum war ich aus dem Taxi gestiegen, begannen meine Tränen wieder zu fließen.

»Einmal Köln«, schluchzte ich am Fahrkartenschalter, aber niemand rührte sich. Der Schalter war schon geschlossen, die Lichter im Verschlag hinter der Glasscheibe bereits gelöscht. Der nächste Zug nach Köln fuhr erst wieder um fünf Uhr morgens. Alle Züge, die um diese Zeit noch verkehrten, fuhren Richtung Süden. Ich überlegte, was ein Taxi nach Hause kosten würde, und verwarf diese Idee sofort wieder.

»Achtung auf Gleis drei, auf Gleis drei fährt ein der Zug von Freiburg nach Ludwigshafen über Speyer, Schifferstadt, planmäßige Abfahrt dreiundzwanzig Uhr sechzehn«, sagte eine Lautsprecherstimme auf badisch, und da fiel mir meine Cousine Susanna ein, die mit Bruno in einem Dorf in der Nähe von Speyer wohnte.

Ich stieg einfach in den D-Zug, der an Gleis drei wartete, und schloss mich in der Toilette ein. Bis Speyer musste ich mich viermal übergeben, obwohl mein Magen längst leer war. Zwischen den Brechanfällen hielt ich mich am Waschbecken fest und heulte. Mein Kopf schmerzte zum Zerbersten.

Mein Mann schlief mit einer anderen. Drei Wochen vor der Hochzeit. Er kannte ihren Zyklus so genau, wie er meinen gekannt hatte, bevor unser Kind gezeugt wurde. Heute ist der vierundzwanzigste Tag, hatte er gesagt, also hatten sie schon seit mindestens vierundzwanzig Tagen was miteinander laufen.

Ein Brechanfall würgte mich.

Nein, sie kannten sich schon länger, das alles hatte

schon vor Weihnachten angefangen, vor unserem wundervollen, perfekten Weihnachtsfest. Da nämlich war Tanja bei mir vor dem Schreibtisch aufgetaucht und hatte gesagt, Elisabeth sei ein altmodischer Name, und die Falten um meine Augen verrieten mein Alter.

Alex betrog mich schon länger, vielleicht schon, bevor er mich gefragt hatte, ob ich seine Frau werden wollte. Das hatte er sicher gut durchdacht. Immerhin hatte ich ein Baugrundstück von nicht unbeträchtlichem Wert, außerdem ein festes Einkommen und eine sichere Stelle, Tanja hingegen war eine grundstückslose Praktikantin – oder hast du vielleicht ein Baugrundstück aufzuweisen? – na, siehst du, da war ihm die Wahl wohl nicht so schwer gefallen. Außerdem liebe ich Elisabeth, auf meine Art, hatte er vorhin gesagt. Sie ist ein patentes Mädel.

Mein Magen krampfte sich zusammen. Ich spuckte nur noch Galle. Es war, wie dieser Surffreak namens Björn gesagt hatte, Alex liebte mich nur wegen meines Grundstücks. The gentlemen prefer blondes, Björn hatte es gewusst. Ob Alex vorhatte, die Liaison nach unserer Hochzeit zu beenden? Nach dem Treueversprechen, das ich ihm hinübergefaxt und das er schon beinahe auswendig gelernt hatte? Am Telefon hatte er es mir vorgesprochen. Ich verspreche dir die Treue in guten und bösen Tagen, in Gesundheit und Krankheit, bis der Tod uns scheidet. Ich will dich lieben, achten und ehren alle Tage meines Lebens.

Ein erneuter Brechanfall schüttelte mich.

Vielleicht hatte ihn Tanja abgefragt, ihn verbessert, wenn er sich versprochen hatte. Es heißt, trag den Ring als Zeichen unserer Liebe und Treue, du Dummer, kannst du dir das nicht merken?

Leg den Zettel weg, murmelt er, um sie gleich darauf auf den Rücken zu werfen und mit Küssen zu bedecken. Heute ist der vierundzwanzigste Tag deines Zyklus. Du bist die Beste und die Schönste, kleine Wildkatze.

Ich schluchzte laut. Der Zug legte sich in die Kurve. Matt taumelte ich gegen die Resopalwand und sank in mich zusammen. Mein Leben war zu Ende.

Erst als der Zug in Speyer anhielt und mir auffiel, dass ich keinen Fahrschein gelöst hatte, waren meine Tränen versiegt. Ich hatte das Gefühl, nie wieder weinen zu können. Nur noch ins Warme, irgendwohin, wo ich schlafen konnte. Hoffentlich war Susanna zu Hause.

Der Bahnhof lag schon im Schlaf, als ich mit Rucksack und Handtasche auf den Bahnsteig trat. Ich suchte in der nächsten Telefonzelle nach Susannas Nummer, steckte meine Karte in den Schlitz und wartete.

»Becker-Senfhuhn?«

»Susanna, ich bin's, Elisabeth.«

»So spät? Ist was passiert?«

Ich schniefte. »Ich bin hier in Speyer auf dem Bahnhof. Könntest du mich vielleicht abholen?«

»Was in aller Herrgotts Namen machst du in Speyer auf dem Bahnhof?«

»Ich friere«, sagte ich. »Der nächste Zug nach Köln fährt erst um fünf Uhr morgens, und ich weiß nicht, wo ich die Nacht über bleiben soll.«

»Ich hole dich«, sagte Susanna. »In zwanzig Minuten bin ich da. Schließ dich so lange in der Zelle ein, man weiß ja, was für dunkle, zwielichtige Gestalten sich um diese Zeit auf dem Bahnhof herumtreiben.«

Die Zelle hatte nur einen halbrunden Plexiglashörschutz, nach den anderen drei Seiten hin war sie offen. Man konnte sich darin nicht besonders sicher fühlen, aber in dieser Nacht war mir wirklich alles egal. Ich setzte mich auf eine einsame Bank und wartete. Es geschähe Alex nur recht, wenn man mich überfallen, beraubt und erwürgt in einer dunklen Ecke fände. Aber keine der dunklen, zwielichtigen Gestalten näherte sich mir mehr als auf zehn Meter, als wäre ich von einer Art Bannkreis umgeben, und die Gestalt, die es schließlich wagte, den Bannkreis zu durchbrechen, war meine Cousine Susanna. Sie hatte wirklich nichts Zwielichtiges an sich. Kräftig, groß, mit breitem Lächeln, die dunklen Locken noch schlafzerzaust, war sie genau die Person, in deren Arme ich mich werfen und trösten lassen wollte.

»Um Himmels willen«, sagte sie erschrocken und legte ihre Arme um mich. »Was ist denn passiert? Du siehst ja zum Fürchten aus.«

»Kann ich bei dir übernachten?«

»Sicher«, sagte Susanna und schob mich zum Ausgang. »Komm, mein Auto steht im absoluten Halteverbot. Auch wenn ich nicht glaube, dass nachts noch Politessen unterwegs sind.«

»Hat Bruno auch nichts dagegen, dass ich so unangemeldet bei euch auftauche?«

»Vermutlich schon«, erwiderte Susanna. »Aber noch weiß er ja nichts davon. Er schläft immer so tief, er hat nicht mal gemerkt, dass ich weggefahren bin. Wenn wir nachher daheim sind, könntest du mal mit ins Schlafzimmer kommen, damit du ihn schnarchen hörst. Er behauptet immer, er schnarche nicht, aber das tut er doch. Chchchchchch puh, chchchchch puh, die ganze Nacht durch. Wenn du das als Zeuge bestätigen würdest, könnte er es endlich nicht mehr abstreiten.«

Im Auto fragte sie noch einmal, was ich mitten in der Nacht auf dem Speyerer Bahnhof verloren hätte.

»Alex schläft mit seiner Praktikantin«, antwortete ich knapp. Zum ersten Mal seit dieser Entdeckung spürte ich unter der lähmenden Traurigkeit Wut in mir hochsteigen, ganz zaghaft nur, sich allmählich Bahn brechend.

Susanna wandte abrupt den Kopf zur Seite und starrte mich so entgeistert an, dass ich einfach weiterredete, damit sie wieder auf die Fahrbahn schaute.

»Ich bin nach Karlsruhe gefahren, um ihm zu sagen, dass ich – um ihm was zu sagen. Und während ich im Bad seines Hotelzimmers auf ihn wartete, hat er nebenan die Praktikantin ge … – ähm – Geschlechtsverkehr gehabt.«

»Er hat die Praktikantin *gebumst?*«, schrie Susanna. Jetzt, wo ich es das erste Mal ausgesprochen hörte, fand ich es noch unglaublicher als vorher. Susanna fand das wohl auch. Sie nahm vor Entsetzen sogar beide Hände vom Steuer.

»So kurz vor der Hochzeit einfach abspringen!«, rief sie. »Das kann er doch nicht machen!«

Ich sah sie ärgerlich an. Meine Wut richtete sich aus unerklärlichen Gründen nicht gegen Alex, sondern gegen Susanna, die Hilfsbereite, die mitten in der Nacht ins Auto gestiegen war, um mich aus einer Telefonzelle zu retten. »Alex springt doch nicht ab. Ich springe ab.«

»Aber er hat doch eine andere«, sagte Susanna und packte das Steuerrad im Würgegriff. Ich wurde noch wütender auf sie.

»Eben deshalb will ich ihn ja auch nicht mehr heiraten«, knurrte ich ungeduldig. »Ich will doch keinen Mann, der kurz vor der Hochzeit noch mit einer anderen rummacht, oder was denkst du!«

Susanna starrte schweigend vor sich hin.
»Warum sagst du denn nichts?«, fragte ich.
»Du willst es ja doch nicht hören«, erwiderte Susanna.
»Doch, sag es ruhig!«
»Ich hab' immer gedacht, du hast es mit deinem Alex im Grunde viel besser als ich. Und du, du hast das auch immer geglaubt.«
Ich nickte.
»Siehst du«, sagte Susanna. »Der Bruno ist nicht so schlank wie der Alex, und er hat auch viel weniger Haare – aber wenigstens treu ist er.«
Ich rieb über die aufgestellten Härchen an meinen Armen.
»Entschuldige bitte«, sagte ich aggressiv, »aber da bleibt Bruno auch gar nichts anderes übrig. Hand aufs Herz, wer würde den schon wollen?«
»Ich«, antwortete Susanna. »Ich mach' schließlich seine Buchhaltung!«
»Geld ist noch nicht alles.«
»Bei Bruno schon«, sagte Susanna.
»Das stimmt allerdings«, murmelte ich.
»Ja, du siehst doch, was du davon hast. Hinter den tollen Männern sind doch alle Frauen her. Und früher oder später kommt eine daher, die ist toller als du, und – schwups! – stehst du ohne Mann da. Das kann mir nicht passieren. Der Bruno muss sich ewig fragen, womit er so eine tolle Frau wie mich verdient hat. Dankbarkeit ist eine sichere Basis für eine Beziehung.«
»Und weil er dir so dankbar war, dass du ihn genommen hast, spendiert er dir so eine Wahnsinnshochzeitsfeier, alles vom Feinsten«, höhnte ich. »Haha, der alte Geizkragen benutzt doch sogar das Klopapier von zwei Seiten!«

Susanna sah mich strafend an.

»Von nichts kommt nichts«, ereiferte sie sich. »Sag mir doch mal einen, der mit fünfunddreißig schon sein eigenes Haus, vier Eigentumswohnungen, vierunddreißig Goldbarren, jede Menge Aktien, Bundesobligationen und Eigneranteile an einem Schiff besitzt? Na?«

»Sag mir lieber mal, was du davon hast?«, rief ich aufgebracht zurück.

»Noch nichts«, gab Susanna zu. »Aber das ändert sich. Wir werden tolle Reisen machen, uns die ganze Welt angucken. Pferderennen in Ascot, Olympische Spiele in Sydney und die Zauberflöte an der Met. Ich werde Modellkleider von Kenzo tragen und ein Cabrio fahren.«

»Wann denn?«

»Wenn wir mal reich sind«, trumpfte Susanna auf.

Ich sagte nichts mehr. Hätte ich mir nicht selbst so Leid getan, wäre ich am Ende in Mitleid mit Susanna verfallen. Ihr alter Fiesta blieb in der asphaltierten Einfahrt von Brunos Einfamilienhaus stehen.

»Er schläft noch«, meinte Susanna nach einem Blick hinauf zum Schlafzimmerfenster.

Leise wie die Heinzelmännchen schlichen wir uns ins Haus. Susanna führte mich an Brunos Schlafzimmer vorbei in den Keller, wo das Gästezimmer lag.

»Hast du gehört?«, flüsterte sie. »Chchchchch puh, chchchchch puh!, so geht das die ganze Nacht. Sag mir, kann ein Mensch das aushalten?«

»Was soll's?«, fragte ich zurück. »Denk nur dran, wie schön es sein wird, wenn ihr endlich reich genug seid. Du trägst ein Modellkleid von Kenzo, ihr sitzt auf den teuersten Plätzen der Met, die Ouvertüre der Zauberflöte ertönt, und Bruno hängt neben dir und macht chchchch puh, chchchchch puh. Kannst du dir etwas Schöneres vorstellen?«

Susanna bedachte mich mit einem nachsichtigen Blick.

»Du bist völlig fertig mit den Nerven, kein Wunder, nach allem, was du durchgemacht hast«, sagte sie und streichelte mir über mein Haupt. »Schlaf dich erst mal richtig aus! Morgen früh sehen wir weiter.«

Ich schlief wie ein Stein, zwölf selige Stunden lang. Im Traum war ich glücklich. Ich schritt neben Alex zwischen Kirchenbänken entlang, alle unsere Freunde und Verwandten waren da und schauten bewundernd zu uns auf. Mit strahlendem Lächeln schritten wir weiter vor bis zum Altar. Dort lag Tanja aufgebahrt. Ein Messer steckte in ihrer Brust, sie trug schwarze halterlose Strümpfe und sonst gar nichts.

»Schafft diesen Unrat hier weg«, verlangte der Pfarrer barsch. »Sonst können wir nicht anfangen.«

Und während sich ein schwarzgewandeter Totengräber Tanjas Leiche über die Schulter warf und mit ihr durch einen Seitenausgang verschwand, lächelte der Pfarrer uns strahlend an.

»Liebes Brautpaar«, sagte er, und Alex griff nach meiner Hand. Vor der Kirche erklang ein glockenhelles Lachen, das jäh verstummte. Tränen schimmerten in Alex' Augen, als er mir den Ring überstreifte.

»Ich liebe dich mehr als mein Leben«, flüsterte er. »Ich verspreche dir die Treue in guten und bösen Tagen, in Gesundheit und Krankheit, bis der Tod uns scheidet.«

Als ich aus den Tiefen meiner Träume emportauchte in die harte, gemeine und grausame Wirklichkeit, saß

Susanna an meinem Bett. Sie hielt mir ein Glas Wasser mit einer trüben Flüssigkeit entgegen.

»Ein Kraftgetränk«, sagte sie. »Mit meinem neuen Mixer angerührt. Banane, Orangen, etwas Buttermilch und ein rohes Ei. Vom Bauernhof, von frei laufenden Hühnern.«

Ich setzte das Glas an die Lippen und trank es in fast einem Zug aus. Es war köstlich.

»Ich lebe noch«, sagte ich verwundert.

Susanna nickte zufrieden. »Es ist halb zwei. Ich hab' schon das ganze Haus geputzt und alle Wäsche gebügelt.«

»Ich muss nach Hause«, sagte ich.

»Jetzt nimmst du erst mal ein Bad«, bestimmte Susanna. »Wir haben Whirlpooldüsen in unserer Badewanne, die machen dich munter. Und ein paar kalte Kompressen für dein Gesicht können nicht schaden.«

Sie hielt mir einen Bademantel hin, einen weißen aus Frottee, und ich zuckte zusammen, als ich den Stoff berührte. »Genauso einen hatte diese Tanja an«, sagte ich.

»C & A«, erwiderte Susanna und verknotete den Gürtel vor meiner Taille. »Neunundreißig neunzig. Ich hab' gleich zwei davon gekauft, weil's so günstig war. Von dem Geld, das Bruno mir zu Weihnachten geschenkt hat.«

»Bruno hat dir Geld zu Weihnachten geschenkt?«

Susanna ließ Wasser in die Badewanne ein mit einem rosafarbenen Badezusatz, der nach Himbeeren duftete und feinen, dichten, fluffigen Schaum bildete.

»Ja, fünfzig Mark«, sagte sie. »Das macht er immer so. Damit ich mir was Schönes kaufen kann.«

»Wie schrecklich!«, sagte ich. »Geldgeschenke sind so grauenhaft fantasielos und unromantisch.«

»Ich find's besser als nichts«, sagte Susanna.

»Alex hat mir zu Weihnachten ein Kätzchen geschenkt und ein selbst gebasteltes Miniaturmodell unseres Hauses«, erzählte ich ihr. »Ganz süß.«

»Und das soll romantisch sein?«, rief Susanna aus. »Da hat er doch keine müde Mark für bezahlt! Tu nicht so, als sei dein Alex was Besseres! Schließlich liegt er mit seiner Praktikantin im Bett und nicht der Bruno – oder?«

Ich schwieg. Wo sie Recht hatte, hatte sie Recht.

Susanna drehte energisch den Wasserhahn zu, zog mir den Bademantel aus und stupste mich zum Wannenrand.

»Dünn bist du geworden«, sagte sie kritisch.

»Kein Wunder«, seufzte ich und ließ mich vorsichtig in das Wasser hinabgleiten. »Ich musste mich ständig übergeben.«

»Du hast es gut«, sagte Susanna und kniff sich in die Taille. »So einen Magen-Darm-Infekt könnte ich jetzt auch gebrauchen. Für meine Herzogin Sarah.«

»Das ist kein Magen-Darm-Infekt«, sagte ich. »Ich bin schwanger.«

Susanna nahm die Hände von ihrer Taille und rang sie über dem Kopf. »O nein, o nein«, rief sie. »O nein, o nein.«

»O doch«, sagte ich.

Susanna setzte sich auf den Wannenrand und verlangte eine vollständige Schilderung der Ereignisse. Ich erzählte ihr alles, vom Augenblick des Heiratsantrages bis zu meinem letzten Brechanfall im D-Zug nach Speyer. Als ich fertig war, war auch das Badewasser lauwarm geworden. Susanna rang immer noch die Hände.

»Du musst ihn heiraten, Elisabeth, das ist die einzige Lösung.«

»Bist du wahnsinnig?«

»Sonst stehst du doch völlig mittellos da«, sagte Susanna eindringlich. »Mit deinem Kind! Denk doch nur mal! Wenn ihr heiratet und euch gleich danach wieder scheiden lasst, muss der Kerl dir lebenslang Unterhalt zahlen, und du hast Anspruch auf seine Rente. Und das Haus wird auch durch zwei geteilt. Da stehst du dich auf jeden Fall besser.«

Ich rieb über meine verschrumpelten Finger. »Das Haus können wir nur fertigbauen, wenn wir einen Kredit aufnehmen«, sagte ich. »Ich mache doch keine gemeinsamen Schulden mit so einem!«

»Schulden?« Susanna sprang auf.

»Da kann uns nur der Bruno helfen«, sagte sie. »Schulden sind sein Fachgebiet.« Sie sah auf die Uhr. »Er ist in zwei Stunden zu Hause. Wenn ich ihm was Gutes koche, können wir ihn beim Nachtmahl danach fragen.«

Zum Abendessen gab es Brunos Lieblingsspeise, dicke weiße Würste, Bratkartoffeln und Salat mit einem Dressing aus Essig und Öl, Zucker und Salz. Ich brauchte nichts davon zu essen, sagte Susanna, ich sei ja schwanger. Sie machte mir mit ihrem neuen Mixgerät noch einmal einen Krafttrunk wie am Mittag.

Bruno war alles andere als erfreut, als er mich an seinem Tisch sitzen und eine von seinem Geld bezahlte Speise zu mir nehmen sah.

»Ich dachte, die wär' schon wieder weg«, sagte er zu Susanna.

»Tag, Bruno«, sagte ich. »Meine Güte, du bist ja noch dicker geworden.«

Bruno runzelte die Stirn. »Du siehst auch nicht gerade taufrisch aus«, erwiderte er.

Ich versuchte, ihn anzulächeln.

»Die Elisabeth fährt um halb acht mit dem Intercity von Mannheim«, erklärte Susanna. »Nimm dich wenigstens so lange zusammen.«

Bruno setzte sich. »Ihr heiratet also auch«, sagte er zu mir. »Hat dein Alex es endlich satt, unserem sauberen Staat die Steuern in den Hintern zu schieben, was?«

»Bei uns ist es nicht so schlimm, ich arbeite ja nicht für Alex als Telefonistin, sondern übe den Job aus, für den ich auch ausgebildet wurde.«

»Trotzdem.« Bruno hieb ungerührt seine Gabel in eine Weißwurst. »Als Architekt wird der Alex wohl sehr viel mehr verdienen als du. Und es zählt, was hinterher unterm Strich herauskommt. Unser Staat belohnt das Opfer des Mannes, sich auf ewig zu binden.«

»Gesetzt den Fall, es gäbe eine Frau, die einem Mann dieses Opfer nicht abverlangte«, sagte ich. »Eine Frau, der das Grundstück gehörte, auf dem das gemeinsame Haus der beiden stünde, ähm, also, wenn diese Frau jetzt nicht heiraten wollte, wem gehörte dann das Haus? Ich meine, nur rein hypothetisch, natürlich.«

»Natürlich.« Bruno blickte kurz von seinem Teller auf und musterte mich prüfend. Ich wurde ein bisschen rot. Grinsend stach er in ein weiteres Würstchen.

»Das käme darauf an«, schmatzte er. »Kannst du mir Näheres über diese, ich nehme an, rein hypothetische Frau erzählen?«

»Nun ja«, ich räusperte mich ausgiebig, »die Frau besitzt ein Grundstück von beträchtlichem Wert. Beim Bauantrag werden beide Partner als Bauherren eingetragen.«

»Und wer bezahlt die Rechnungen für dieses, ich nehme an, rein hypothetische Haus?«, erkundigte sich Bruno.

»Die bezahlt der Mann, jedenfalls bis zur Erdgeschossdecke. Danach sollen die Kosten von einem Kredit bestritten werden, den beide bei der Bank aufnehmen«, erklärte ich. Aber dann fiel mir etwas ein. »Halt, nein! Eigentlich ist es so, dass die Frau alle Rechnungen bezahlt, und zwar von dem Geld, das der Mann ihr aufs Konto überwiesen hat.«

»Rein hypothetisch, natürlich«, ergänzte Bruno. »Na, das hört sich alles danach an, als gehörte dieses Haus der Frau. Zumindest bis zur Erdgeschossdecke. Aber besser ist, diese Frau erkundigt sich bei einem Anwalt, wie genau die Besitzverhältnisse aussehen.«

Ich nickte. »Nur so ins Blaue hinein gesprochen: Könnte eine Frau von meinem Einkommen einen Kredit über zweihundertfünfzigtausend Mark bekommen?«

»Bekommen wahrscheinlich, bei den Sicherheiten, die sie zu bieten hat«, antwortete Bruno wie aus der Pistole geschossen. »Aber die Frage ist, ob sie mit den monatlichen Zahlungen klarkommt.«

»Zumal diese Frau schwanger sein könnte«, mischte sich Susanna ein. »Und mit Kind nicht mehr arbeiten gehen kann.«

Ich nickte wieder.

»Schwanger?«, fragte Bruno. »Dann bekommt sie immerhin Unterhalt vom Kindsvater und eine größere Bauprämie vom Staat. Acht Jahre lang fünfzehnhundert Mark jährlich, zusätzlich zum regulären Zuschuss.«

»Gut«, sagte ich und freute mich.

Bruno schüttelte den Kopf. »Aber die Bank wird nicht

so freigiebig mit dem Kredit sein. Obwohl die hypothetische Frau auf jeden Fall Schulden machen sollte. Schulden zu haben ist das einzig Richtige in diesem Staat.«

Der letzte Zipfel Wurst verschwand in seinem Mund.

»Danke für die Auskunft«, sagte ich.

»Gern geschehen.« Bruno rülpste zufrieden.

»Wenn er was Gutes zu essen bekommt, kann er richtig nett sein, mein Bruno.« Susanna strahlte. »Nicht wahr, Bruno? Bei dir geht die Liebe durch den Magen. Übrigens, die Elisabeth hat dich heut' Nacht schnarchen gehört. Chchchchchch puh, chchchchchchch puh, nicht wahr, Elisabeth?«

Ich nickte.

»Kannst ja woanders schlafen, wenn's dich stört«, sagte Bruno zu Susanna. »Ist ja Platz genug in meinem Haus.«

Das Strahlen in Susannas Gesicht erlosch. »Wir müssen jetzt fahren, die Elisabeth muss ihren Zug kriegen.«

»Tschüs auch«, sagte Bruno.

»Ja«, sagte ich. »Ich seh' dich dann im Zylinder.«

Bruno machte ein ärgerliches Gesicht. »Eher siehst du ein Pferd kotzen.«

»Er wird einen Zylinder tragen, und bald ist es auch mein Haus«, sagte Susanna später im Auto mit energisch verzogenen Lippen. »Deshalb heirate ich schließlich, damit er so was nicht mehr sagen kann. Wir machen einen Ehevertrag, der Bruno und ich. Ich wollte Gütergemeinschaft, dann müsste Bruno mir im Falle einer Scheidung die Hälfte von allem geben, was ihm jetzt noch ganz alleine gehört. Goldbarren, Bundesobligationen, Bargeld, Immobilien. Aber der Bruno hat gesagt, das käm' nicht infrage, dann wär' er der Gearschte. Er war für Gütertrennung.«

Sie schnaubte. »Aber da wär' ich ja schön blöd. Wo ich mich all die Jahre nur krumm geschuftet hab', dafür dass der Bruno sich noch besser steht. Jetzt machen wir einen Ehevertrag, in dem festgelegt wird, dass mir im Falle einer Trennung Anteile an den während unserer Verlobungszeit angeschafften Gütern zustehen.«

»Ich dachte, wenn man heiratet, gehört automatisch alles, was man besitzt, beiden Ehepartnern«, sagte ich, wobei ich krampfhaft auf die Fahrbahn blickte. Seit ich im Auto saß, hatte ich wieder mit Übelkeit zu kämpfen.

»Für jemand, der nur noch drei Wochen bis zur Hochzeit hat, bist du ganz schön schlecht informiert«, sagte Susanna vorwurfsvoll.

»Ja«, gab ich bereitwillig zu. »Ich war ein saublöder Trottel.«

»Wenn man keinen Ehevertrag macht, lebt man automatisch in Zugewinngemeinschaft«, erklärte Susanna, »dann wird im Falle der Scheidung alles geteilt, was nach der Eheschließung gemeinsam angeschafft wurde, egal, wer es bezahlt hat, aber alles, was vor der Ehe an Vermögenswerten existierte, wird wieder demjenigen zugeordnet, dem es gehört hat.«

So war das also. Mein Magen schlug einen doppelten Salto. Vorsichtshalber drehte ich das Fenster herab. Die frische Luft half mir, auch den Rest der Fahrt ohne ein Malheur zu überstehen.

»Wie willst du es nennen?«, fragte Susanna unvermittelt, als sie den Wagen auf dem Parkplatz vor dem Bahnhof abstellte.

»Was denn?«

»Na, das Baby doch.«

Ich lächelte. Darüber hatte ich früher oft nachgedacht, nur so zum Spaß. Meine augenblicklichen Favoriten waren Josias für einen Jungen und Florine für ein Mädchen.

»Florine«, wiederholte Susanna. »Das klingt wie selbst erfunden. Wie eine Figur aus *Les Miserables*.«

»Passt doch«, sagte ich nachdenklich. »Ein unglückliches, mittelloses Kind ohne Vater. Obwohl – ich war ja noch nicht beim Notar. Beim ersten Mal kam der Sickerschacht dazwischen, das zweite Mal Baby Florine. Noch gehört das Grundstück mir allein, und damit alles, was drauf steht.«

»Umso besser«, sagte Susanna. Sie brachte mich auf den Bahnsteig, trug sogar meinen kleinen Rucksack, in den sie noch Proviant gepackt hatte, damit ich unterwegs nicht verhungerte. Bruno hatte mit ihr wirklich das große Los gezogen. Ich verweilte sehr lange in ihrer Umarmung.

»Ich rufe dich an«, versprach ich schließlich und legte meine Hand auf den Magen. »Wenn ich diese Zugfahrt überlebe.«

»Tja, dann müssen wir uns wohl für den vierundzwanzigsten was anderes vornehmen«, sagte Susanna betont munter, als der Zug einfuhr. »Aus deiner Hochzeit wird ja jetzt nichts.«

»Das weiß ich noch nicht. Es wird sich zeigen.«

»Sei nicht so blöd, ihn zu heiraten, bevor er dir nicht auf Knien versprochen hat, dich nie mehr zu betrügen«, sagte Susanna. »So was Schlimmes würde ich keinem Kerl jemals verzeihen. Auch nicht, wenn er so gut aussähe wie Alex.«

»Das werde ich auch nicht«, sagte ich.

Und zum Abschied kotzte ich den Krafttrunk in einen Mannheimer Papierkorb.

HANNA HOLTE MICH am Gleis ab. Ich hatte sie von Susanna aus angerufen und ihr die Ankunftszeit mitgeteilt. Zu mehr hatte ich nicht die Kraft gehabt. Hanna sah aber auch so, dass etwas nicht stimmte.

»Mein Gott«, sagte sie, und als sie mich in den Arm nahm, begannen die Tränen, die ich für immer versiegt geglaubt hatte, wieder zu fließen. Während der ganzen Fahrt in der Ente hinaus ins Grüne brachte ich kein Wort heraus, ich heulte laut und gurgelnd, schniefend und schluchzend und war nicht in der Lage, den Tränenfluss zu stoppen.

Hanna stellte keine Fragen. Als wir vor meiner und Alex' Wohnung parkten, suchte sie in meinem Rucksack nach dem Hausschlüssel, stieg aus, öffnete die Beifahrertür von außen und hievte mich am Arm aus dem Wagen.

»Komm schon, bevor uns deine Nachbarin von den Plejaden entdeckt«, zischte sie.

»Die weiß sowieso schon alles!«, schluchzte ich. »Sie ahnt solche Dinge im Voraus. Intuition.«

»Ja, ja«, sagte Hanna und zerrte mich die Treppe hinab. »Die hat's gut. Ich hingegen tappe völlig im Dunkeln.«

Ungeduldig schubste sie mich in die Wohnung. Ich stolperte gleich weiter ins Badezimmer und erbrach Susannas Reiseproviant in die Toilette. Hanna sah mir dabei scheinbar ungerührt zu.

»Schwanger bist du also wenigstens noch«, stellte sie fest.

Der Brechanfall hatte meine Tränen zum Versiegen gebracht. Ich spülte gründlich meinen Mund aus und wusch bei der Gelegenheit auch das Gesicht mit kaltem Wasser. Hanna reichte mir ein Handtuch.

»Und jetzt erzähl endlich!«, verlangte sie.

»Du hattest Recht«, sagte ich. »Alle Männer sind Schweine! Alex schläft mit der Praktikantin.«

»Himmel«, sagte Hanna. »Bist du sicher?«

»Ganz sicher«, bestätigte ich. »Ich habe es mit eigenen Ohren gehört.«

Hanna wollte die Geschichte nicht glauben. Immer wieder unterbrach sie meine Schilderungen mit Fragen, und ich musste die schrecklichen Details über die Vorkommnisse im Karlsruher Hotelzimmer mehrmals erzählen, bis sie sich endlich zufrieden gab.

»Unglaublich«, sagte sie. »Drei Wochen vor der Hochzeit.«

»Männer sind Schweine«, wiederholte ich. »Wie du schon sagtest.«

»Blödsinn«, widersprach Hanna. »Heiko ist ein Schwein, und Alex auch. Aber deshalb sind doch nicht gleich alle Männer Schweine!«

»Aber das hast *du* gesagt!«

»Ja, ja, man sagt viel, wenn man gerade betrogen wurde«, rief Hanna. »Wichtig ist jetzt, dass du nicht den gleichen Fehler machst wie ich. Du musst dich ordentlich aus der Affäre ziehen.«

Mittlerweile saßen wir in unserer Wohn-Schlaf-Küche, aus der ich die rotgrün karierten Elemente entfernt hatte, als der erste schöne Frühlingstag gekommen war. Im Frühling war mir mehr nach gelbweiß gestreift.

»Ich glaube nicht, dass Alex vorhat, die Hochzeit abzublasen«, meinte ich nachdenklich.

»Das glaube ich auch nicht«, stimmte Hanna zu. »Er ist ja auch nicht blöd.«

»Dann gehen wir jetzt und kaufen eine Pistole«, schlug ich vor.

Hanna schüttelte den Kopf. »Nein, du Dumme. Das machen wir nicht. Zuerst machen wir eine Bestandsaufnahme. Eine Schadensmeldung sozusagen.«

»Ich habe mir mein Leben niemals ohne Alex vorgestellt«, erklärte ich. »Ich wollte mit ihm alt werden.«

»Tja, aber jetzt muss er eben ohne dich altern, am besten innerhalb weniger Stunden«, sagte Hanna. »Und du musst das Beste aus deinem Leben machen – ohne ihn. Lass mich zusammenfassen: Die Hochzeit ist in drei Wochen, die Einladungen dafür sind verschickt, alles ist geplant, jede Menge Geld ausgegeben. Außerdem baut ihr gerade ein gemeinsames Haus, das auf deinem Grundstück steht. Und, das kommt erschwerend dazu, du bist schwanger.«

»Bruno sagt, das bedeutet eine Menge Geld mehr. Außerdem sagt er, dass das Haus mir gehört.«

Hanna machte ein zweifelndes Gesicht. »Ganz schön kompliziert, diese Sache. Ich glaube, wir brauchen Hilfe. Professionelle Hilfe. Ein Freund von meinen Eltern ist Anwalt, ich werde ihn gleich morgen früh anrufen. Schadensbegrenzung heißt jetzt die Devise.«

»Sollen wir uns das elektrische Fleischmesser kaufen?«, fragte ich. »Für uns beide würde sich die Anschaffung lohnen.«

Hanna schenkte meinen Worten keine Bedeutung. Sie sah auf die Uhr.

»Jetzt ist es zu spät für Anrufe. Du gehörst ins Bett.

Morgen früh sehen wir weiter, wenn du ausgeschlafen hast.«

Ich sah hinüber zu Alex' breitem Bett und fing wieder an zu weinen.

»Ich kann nicht«, schluchzte ich. »Nicht in unserem Bett.«

»Dann kommst du mit zu mir«, bestimmte Hanna, ohne lange zu überlegen. »Auf meine Schlafcouch. Vorher holen wir noch deine Katze nebenan von den Plejaden. Katzen sind Balsam bei Liebeskummer, das habe ich erst neulich in *Psychologie heute* gelesen. Ich gehe zu Kassandra, damit du nicht wieder einen Dauerheulanfall bekommst. Du kannst in der Zwischenzeit deine Sachen packen.«

Ich trocknete meine Tränen. »Und wenn Alex anruft, und ich bin nicht da?«

»Das wäre natürlich verdächtig«, gab Hanna zu. Sie war schon auf dem Weg zur Tür. »Er soll sich erst mal in Sicherheit wiegen. Am besten, du kommst ihm zuvor und rufst selber an.«

»Ich kann nicht«, jammerte ich, aber Hanna sagte: »Du musst.« Dann verschwand sie nach nebenan.

Zögernd wählte ich Alex' Nummer. Was, wenn diese Tanja gerade neben ihm lag? Vielleicht hatte sie jedesmal daneben gelegen, wenn wir miteinander telefoniert hatten.

Alex war nach dem ersten Klingeln am Apparat.

»Ich bin's«, sagte ich mit brüchiger Stimme.

»Wie schön, mein kleiner Knurrhahn«, rief er und klang so erfreut, dass sich alles in mir zusammenkrampfte. »Wo warst du denn gestern Abend? Ich habe es zigmal bei dir versucht, aber bis nach Mitternacht war keiner zu Hause. Du warst sicher im Kino mit Hanna, stimmt's?«

»Ja«, log ich.

»Sonst alles in Ordnung?«

»Ja«, log ich. »Alles in Ordnung.«

»Wie sieht es auf der Baustelle aus? Heute wollten die Maurer die Erdgeschossdecke einschalen, warst du da?«

»Ja«, log ich. »Alles in Ordnung.«

»Wenn die nächsten zwei Raten an den Bauunternehmer gezahlt sind, geht mir das Geld aus«, sagte Alex. »Dann muss die Bank den Kredit rüberschieben. Warst du beim Notar wegen der Grundbuchumtragung?«

»Ja. Alles in Ordnung.«

»Wunderbar. Dann gehst du mit meiner Vollmacht und dem Wisch vom Notar zur Bank, die wissen Bescheid. Wenn der Kreditvertrag unterschrieben ist, geht's übergangslos weiter. Meinst du, das kriegst du hin?«

»Ja. Alles in Ordnung.«

»Sehr gut. Langsam machst du dich, kleiner Knurrhahn.«

»Ja.« Hanna kam mit dem Kätzchen und dem Katzenklo zurück von Kassandra. Ich legte einen Finger auf die Lippen.

»Ich vermisse dich hier sehr«, sagte Alex. »Es ist so langweilig ohne dich. Vor allem nachts.«

»Ja«, flüsterte ich. »Ich muss jetzt auflegen, mein Essen verbrennt auf dem Herd.«

»Bis morgen, kleiner Knurrhahn. Liebst du mich noch?«

»Ja«, sagte ich. Auf eine Lüge mehr oder weniger kam es jetzt auch nicht mehr an. Außerdem war es nicht sehr gelogen. Leider. Schweren Herzens legte ich den Hörer auf.

»Schadensbegrenzung«, erinnerte mich Hanna hart. »Darauf kommt es jetzt an. Gut gemacht, er hat nichts gemerkt.«

Hummel schnurrte, als ich sie auf den Arm nahm und zum Auto trug. Es war fast, als würde sie sich freuen, mich wieder zu sehen. Die ganze Nacht wich sie nicht von meiner Seite. Ihr Schnurren hatte eine beruhigende Wirkung auf mich. Auf Hannas Schlafsofa, die weiche Katze im Nacken, schlief ich ein paar Stunden tief und traumlos.

Am nächsten Morgen meldete Hanna uns beide krank.

»Ein Magen-Darm-Virus«, sagte sie unserer besorgten Leiterin. »Der Arzt sagt aber, am Montag sind wir beide wieder auf dem Damm.«

»Notlüge«, sagte sie zu mir. »Das ist erlaubt.«

Ich widersprach nicht. Alleine konnte und wollte ich die nächsten Tage auf keinen Fall durchstehen. Es gab eine Menge zu tun. Zuerst sprachen wir mit dem Freund von Hannas Eltern, der Anwalt war. Er sagte uns, es sei sehr wahrscheinlich, dass Alex die dreiundneunzigtausend Mark, die er auf mein Konto überwiesen und von denen ich die ersten Rechnungen für den Bau des Hauses bezahlt hatte, einklagen würde, aber dass ich eine reelle Chance hätte, wenigstens einen Teil davon zu behalten, von wegen gebrochenem Eheversprechen et cetera pp. Weiter sagte er mir, dass das Haus – oder das, was einmal das Haus werden sollte – eindeutig und ohne Zweifel mir allein gehöre. Das Gespräch wurde immer wieder durch Brechanfälle meinerseits unterbrochen, und Hanna musste für mich weitertelefonieren. Am Ende war sie besser informiert als ich.

»Du könntest das Haus also verkaufen«, sagte sie später. »Aber im halbfertigen Zustand wird es natürlich nicht so ohne weiteres gekauft werden, denke ich mal.«

»Außerdem will ich darin wohnen«, sagte ich heftig. »Es wird das schönste Haus der Welt. Keine noch so schmerzhafte Erinnerung an Alex könnte mich davon abhalten, einzuziehen. So ein Grundstück bekomme ich im Leben nicht mehr wieder. Durch einen Zipfel fließt der Dorfbach, und dahinter steht eine uralte Trauerweide. Ich wollte eine Schaukel dort aufstellen, auf der man über den Bach schwingen kann, ohne nasse Füße zu bekommen.«

Ich stockte, obwohl ich diese Sorte Pläne noch stundenlang weiter hätte ausführen können. »Leider kann ich nicht zu Ende bauen, ohne den Kredit von der Bank. Uns fehlten mindestens zweihundertfünfzigtausend Mark«, schloss ich nüchtern.

»Allein wirst du niemals so eine große Summe bekommen, eine schwangere Frau mit deinem Einkommen«, meinte Hanna und lief unruhig in der Wohnung auf und ab. »Schließlich musst du ja auch irgendwo wohnen. Für ein paar Monate ist das hier ganz okay zu zweit. Aber wenn das Baby erst mal da ist ...«

Ich seufzte schwer. »Ich kann doch nicht die ganze Zeit bei dir wohnen.«

»Natürlich kannst du. Aber das ist keine Dauerlösung. Hör mal, Elisabeth«, Hanna blieb abrupt stehen, »und wenn wir uns zusammentäten?«

»Wie meinst du das?«

»Na ja, das Haus wäre groß genug für uns beide und ein Kind und eine Katze, vielleicht könnte man sogar zwei getrennte Wohnungen daraus machen.«

»Ja«, sagte ich. »Das würde durchaus gehen. Es hat hundertvierzig Quadratmeter Wohnfläche und einen riesenhaften Keller. Da ist Platz mehr als genug.«

»Also, wenn du dir das vorstellen könntest, dann

wäre es doch möglich, dass wir gemeinsam einen Kredit aufnehmen, nicht mal einen so wahnsinnig hohen Kredit, weil ich doch diese Aktien besitze, mit denen man mich von Baby an zu jedem Geburtstag und jedem Weihnachtsfest erfreut hat. Ich hasse diese Papiere, aber das ist die Gelegenheit, endlich etwas Spaß damit zu haben.«

»Wie viel sind sie wert?«

»Keine Ahnung«, gab Hanna zu. »Aber das werden wir alles rausfinden. Als Erstes gehen wir zur Bank. Wasch dir die Haare, schmeiß dich in das schicke grüne Kostüm und setz deine Lesebrille auf – damit bekommen wir jede Auskunft, die wir brauchen.«

Ich lächelte und erhob mich beinahe tatendurstig vom Sofa.

Hanna sorgte nicht nur dafür, dass ich die nächsten Tage überlebte, sondern sie fand einfach für alles eine Lösung. Ich schaffte es, noch viermal mit Alex zu telefonieren, sagte ihm, dass ich vor lauter Stress kaum zum Schlafen käme und das Telefon deshalb öfter mal aus der Wand zöge – und Alex ahnte nichts von dem, was sich über ihm zusammenbraute.

Auch mit Hilde telefonierte ich mehrmals, und sie merkte ebenfalls nichts. Fast alle Geschenke seien vom Hochzeitstisch gekauft worden, verkündete sie, sogar der echte Gabbeh. Die Vorbereitungen für die Feier seien im Groben abgeschlossen, sie beschäftige sich nun mit notwendigen Details wie dem Blumenschmuck für die Kirche und das Hochzeitsauto, sagte sie. Es sei eine hochvornehme Limousine von einem Oldtimer-Verleih, ein uralter Mercedes mit Trittbrett, perlmuttfarben lackiert. Die kleinen Tüllschleifchen, die jeder Besucher an die Antenne geheftet bekäme, seien bereits in Arbeit. Dies erledige eine ehrenamtliche Truppe aus Tanten und Cousinen, die auch die Tischkärtchen aus blauem Karton gefalzt und mit Goldlack beschriftet hatten sowie die mit Gas gefüllten Luftballons vorbereiteten, die mit den guten Wünschen der Hochzeitsgäste für das Brautpaar in den Himmel steigen sollten.

»Du kannst froh sein, dass ich dich überredet habe, sie alle einzuladen«, sagte Hilde. »Sie sind wirklich eine große Hilfe, besonders Alex' Cousine Dietlinde.«

Fast alle geladenen Gäste hätten zugesagt, sagte sie weiter, die Kirche würde gerammelt voll sein, nur Horst habe sich noch immer nicht gemeldet. Er sei um einiges ärmer geworden, vielleicht sei das der Grund. Ob Alex nicht noch einmal mit ihm telefonieren könne?

»Sicher kann er das«, meinte ich. »Ruf ihn im Hotel an und besprich das mit ihm. Ich muss gehen und die Ringe endlich abholen.«

In Wirklichkeit hatte ich noch gar keine bestellt. Ich kaufte zwei schlichte, breite Silberringe bei Eduscho für insgesamt neunundfünfzig Mark achtzig, Alex würde ich sagen, es sei Platin. Für mich kaufte ich einen echten Platinring mit eingelassenen Brillanten, sozusagen als Trostpreis. Ich zog ihn sofort über.

In den nächsten Tagen machte ich einen Termin beim Friseur, fand nach gründlicher Suche einen Blumenladen, wo man einen Kranz mit Orangenblüten und -blättern sowie kleinen Orangen für mich fertigen konnte, kaufte Schuhe und Strümpfe, passend zu meinem Kleid, besuchte erneut Frauenarzt, Pfarrer und Standesamt, schloss eine Rechtsschutzversicherung ab und ging sogar wieder meiner Arbeit nach.

Die Kindergruppenmütter freuten sich, dass ich schwanger war, die aus der netten Gruppe boten mir Babykleidung und Second-hand-Kinderwagen an, die Mütter aus der dicken Gruppe Literatur übers Stillen, aber richtig. Sonst erzählte ich niemandem davon. Hanna fand, dass Florine und Josias besonders schöne Namen seien, schöne Namen für ein schönes Kind. Sie zwang mich, täglich zwei Gläser frisch gepressten Orangensaft zu trinken und ganz auf Kaffee und schwarzen Tee, Alkohol und Süßigkeiten zu verzichten. Es fiel erstaunlich leicht. Meine Brechanfälle wurden seltener, an manchen Tagen blieben sie sogar ganz aus.

Hanna und ich fuhren mehrmals zur Baustelle hinaus, wo wir mit den Maurern einige bauliche Veränderungen besprachen. Die Erdgeschossdecke war bereits gegossen, und Alex' Geld auf meinem Konto reichte gerade noch für die restlichen Mauern. Für die Zimmermanns- und Dachdeckerarbeiten, Elektrik, Heizung sowie die wunderschönen Holzfenster würde der Erlös von Hannas Aktien herhalten. Für Innen- und Außenputz und Estrich, Dachausbau, Kacheln, Sanitärobjekte, Einbauküche, Fußböden – Hanna wünschte sich sündhaft teures italienisches Terrakotta im Erdgeschoss, ich sündhaft teure kanadische Ahorn-Schiffsplanken im Dachgeschoss – sowie die Außenanlagen benötigten wir noch einmal eine nicht unbeträchtliche Summe von der Bank. Wenn alles reibungslos verlief, konnten wir noch vor Weihnachten einziehen.

Es machte Spaß, mit Hanna Pläne zu schmieden, und glücklicherweise waren wir uns geschmacksmäßig ziemlich einig. Hanna gefiel die ursprüngliche Aufteilung des Hauses gut, sie wünschte sich nur ein eigenes Bad. Deshalb machten wir aus dem riesengroßen Badetempel im Dachgeschoss zwei kleine Bäder, die jeweils von den beiden Schlafräumen zugänglich sein würden. Florine oder Josias hatte ein eigenes Zimmer direkt neben meinem, es war das Zimmer mit Gaube und Abendsonne, das Alex als Arbeitszimmer hatte haben wollen. Das Erdgeschoss wollten wir belassen, wie ursprünglich geplant, Gästebad, Garderobe, Küche und Wohnzimmer konnte man sich problemlos teilen.

»Was Herrenbesuch angeht, werden wir uns schon einig werden«, meinte Hanna und rieb sich vergnügt die Hände.

An dem Tag, an dem wir Bauunternehmer und Maurer vor Ort von den Änderungen unterrichteten, war gerade jemand von der Gemeinde dort, um den Kanalanschluss zu überprüfen. Es war ein junger Mann, höchstens zwei Jahre älter als ich, äußerst gut aussehend, mit beneidenswert braunem Teint und meerwassergebleichten Locken. Vermutlich gerade von vier Wochen Kretaurlaub zurückgekehrt.

»Sind Sie die Bauherrin?«, fragte er mich.

Ich nickte stolz.

»Wir kennen uns bereits vom Telefon«, behauptete der Braungebrannte. »Vielen Dank auch für den Martini.«

»Oh!« Ich errötete ein bisschen. »Sie sind James Bond?«

»Sie sind James Bond?«, echote Hanna neben mir.

»Im wirklichen Leben heiße ich Ehrmann«, lächelte er. »Wie geht es Ihnen denn?«

»Gut soweit, Sie haben mir damals sehr geholfen«, sagte ich herzlich, und noch ehe ich Hannas Ellenbogen zwischen den Rippen spürte, setzte ich hinzu: »Nur, dass ich jetzt wirklich schwanger bin.«

James Bond lachte. »Tatsächlich? Da kann man mal sehen. Wenn ich Ihnen sonst noch irgendwie behilflich sein kann, rufen Sie mich an.«

»Ja, das mach' ich«, sagte ich. »Und noch mal danke.«

»Ein leckeres Kerlchen, dieser James Bond«, meinte Hanna. »Wenn du dem nicht gesagt hättest, du seist schwanger, hätte er dich für heute Abend zum Essen eingeladen.«

Ich sah seinem Wagen hinterher. »So ein Zufall, was?«

»Zufälle gibt es nicht«, sagte Hanna entschieden.

Wir unterschrieben einen Kreditvertrag zu sehr guten Bedingungen, der befreundete Anwalt hatte ihn auf Herz und Nieren geprüft. Hanna meinte, das habe an meinen gekonnt eingesetzten Brechanfällen gelegen, ich tippte eher auf die Wirkung ihres Ausschnitts, aber der Anwalt sagte, die Zeit sei allgemein günstig für Kredite.

Abendelang rechneten Hanna und ich hin und her, wie wir in Zukunft mit dem Geld auskämen, wenn ich den vollen Erziehungsurlaub nähme und dadurch einen Verdienstausfall von drei Jahren hätte. Wie immer wir auch rechneten, es sah gut aus. Mit dem Kindergeld und Alex' Unterhalt würde ich besser leben können als bisher, selbst wenn Alex die volle Summe des Geldes zurückhaben wollte. Die monatlichen Zinszahlungen und die Tilgung, die Hanna und ich uns teilen würden, lagen niedriger als manche Miete, und wie sagte Bruno doch gleich? Schulden sind immer gut. Schulden sind das Beste, was man machen kann in diesem Staat.

Alles war bestens geregelt.

Schließlich blieb nichts mehr zu tun, als darüber nachzudenken, wie ich meine Beziehung zu Alex lösen sollte. Dass ich sie lösen würde, stand eigentlich außer Frage, auch wenn Susanna am Telefon mir gut zuredete, es mir noch einmal zu überlegen.

»Ich habe gerade erst ein Buch gelesen, darin geht der Mann auch fremd«, sagte sie. »Aber die Frau will ihn der Geliebten nicht kampflos überlassen, sie verzeiht ihm und holt ihn sich zurück.«

»Wie?«, fragte ich interessehalber.

»Sie fährt auf eine Schönheitsfarm und nimmt zehn Kilo ab. Anschließend kleidet sie sich völlig neu ein. Der Ehemann staunt Bauklötze, als er sie wieder sieht – sie sieht zehn Jahre jünger aus, und natürlich will er sie jetzt wieder haben.«

Ich seufzte. »Mein Fall liegt etwas anders, Susanna. Ich will Alex nicht zurückhaben, und wenn er auf Knien angekrochen käme.« Obwohl, in diesem Fall vielleicht doch.

»*Eine Frau kämpft* heißt das Buch«, sagte Susanna ungerührt. »Ich könnte es dir zuschicken.«

»Nein, danke.« Beenden wollte ich die Beziehung auf jeden Fall, die Frage war nur wie?

»Dann bleibt nur eins«, fuhr Susanna nach einer Pause fort. »Du heiratest Alex und wirst ihn gleich danach wieder los.«

»Das ist zu umständlich«, warf ich ein.

Susanna senkte die Stimme. »Ich meine nicht Scheidung, da hättest du ja nun nichts davon«, flüsterte sie. »Ich meine – Mord. In diesem Fall würdest du alles erben! Ich habe da gerade ein Buch gelesen, von einer Frau, die das auf ganz raffinierte Weise tut. *Tausche Brautkleid gegen Pistole* heißt das Buch. Sie erschlägt den Mann mit einer tiefgefrorenen Hasenkeule, die sie dem Inspektor von der Mordkommission zum Abendessen serviert.«

»Schon besser«, sagte ich. »Das Buch kannst du mir schicken.«

»Ich könnte dir auch helfen«, erbot sich Susanna geradezu eifrig. »Ich habe ein wunderbares Rezept für Hasenschmorbraten.«

»Nein, danke«, sagte ich wieder. »Umbringen will ich ihn dann doch nicht. Nur loswerden will ich ihn.«

Aber ein nettes Gespräch unter vernünftigen Erwachsenen, das mit dem klassischen Versprechen endete, Freunde zu bleiben, war in diesem Fall nicht angebracht.

»Ich würde auf jeden Fall bis zur Hochzeit dichthalten«, sagte Hanna nachmittags bei Kaffee für sie und Pfefferminztee für mich. Wir saßen auf der Schlafcouch, die jetzt mein Bett war, die Katze jagte Papierbällchen durch die Wohnung, und der CD-Player gab die Jupitersinfonie zum Besten, weil Hanna gelesen hatte, dass der Fötus im Mutterleib am liebsten Mozart höre. Draußen regnete es.

»Erst in allerletzter Minute würde ich ihm sagen, dass aus der Hochzeit vorerst nichts wird.«

Das war genau das, was ich bereits erwogen hatte. Erst in allerletzter Sekunde.

»Ich könnte nein sagen«, schlug ich vor. »Am Altar. Vor allen Leuten. Und dann schlage ich Alex seinen Brautstrauß um die Ohren. Wenn er sich die Dornen aus der Backe gepult hat, geht ihm die ganze Misere auf: Braut weg, Haus weg, Geld weg, Katze weg! Und eine Klage wegen Unterhaltszahlung auf dem Tisch.«

Hanna schüttelte den Kopf. »So geht das nicht. Du

kannst erst in der Kirche getraut werden, nachdem du von einem Standesbeamten rechtmäßig verheiratet worden bist. Das weiß ich definitiv.«

»Oh«, sagte ich enttäuscht. »Die gleiche Szene auf dem Standesamt ist nur halb so wirkungsvoll.«

»Das ist wohl wahr«, stimmte Hanna zu. »Ich habe mir das auch schon tausendmal ausgemalt.«

»Was?«

»Meine Hochzeit«, sagte Hanna. »Sie ist wundervoll. Heiko trägt einen schwarzen Gehrock, seine Katrin hat ihn nach ein paar Tagen zu Tode gelangweilt, er hat erkannt, nur ich bin die Frau, mit der er alt werden will, und deshalb möchte er mit mir den Bund fürs Leben schließen. Auf Knien hat er mich darum gebeten, und schließlich habe ich Ja gesagt, nur um meine Ruhe zu haben. Mein Kleid ist bodenlang und schneeweiß, mit einer altmodischen Korsage geschnürt, in der ich einen richtig üppigen Busen habe, ich trage meine Haare hochgesteckt zu einem Ballettknoten, ganz schlicht, und eine einzige weiße Rose leuchtet in meinem Haar.«

Ich lächelte gerührt. Dass selbst die nüchterne, praktische Hanna Fantasien von einer Hochzeit in Weiß hatte, tröstete mich.

»Der Pfarrer sagt diesen schönen Satz, den er im wirklichen Leben niemals sagt«, fuhr Hanna fort. »Wer gegen diese Verbindung Einspruch zu erheben hat, der tue das jetzt oder schweige für immer. Und dann stürzt jemand in die Kirche, bei mir ist es immer Manfred Biergans, mit dem war ich in der Tanzschule. Er war sehr, sehr gut aussehend, ich war jahrelang in ihn verliebt. Auf jeden Fall, Manfred Biergans steht also auf der Schwelle und ruft: ›Ich erhebe Einspruch. Die Braut gehört mir! Sie ist viel zu schade für diesen Typ.‹ Und dann sehe ich bedauernd zu Heiko auf und sage: ›Sorry, aber Manfred hat ältere Rechte.‹ Heiko verzieht sein Gesicht zu einer weinerlichen Grimasse. ›Bitte nicht‹, flüstert er, ›bitte nicht.‹ Aber Manfred und ich verlassen die Kirche Hand in Hand, und alle meine Freunde applaudieren.«

Sie machte eine kurze Pause. »Wochen später höre ich, dass Heiko von der Brücke springen wollte, erst in letzter Minute konnte er gerettet werden. Jetzt lebt er in einer Nervenheilanstalt, und das einzige Wort, das er spricht, ist mein Name.«

»Schön«, sagte ich. »Wirklich schön. Meinst du, dieser Manfred Biergans stellt sich auch für meine Hochzeit zur Verfügung? Vielleicht, wenn wir ihm was zahlen?«

Hanna kicherte. »Ich habe aufgehört, diese Rolle mit Manfred zu besetzen, seit ich ihn vor kurzem bei der Post hinterm Schalter habe sitzen sehen. Er ist dick geworden und hat kaum noch Haare, und er trug genau die Art von Lederblouson, die ich nicht leiden kann. Nein, da müssen wir uns nach was Besserem umsehen.«

Ich seufzte. »Dummerweise kenne ich keinen anderen Mann. Jedenfalls keinen, der besser aussieht als Alex.«

»Es reicht auch, wenn du einfach nur nein sagst«, meinte Hanna. »Du erfüllst damit die Wünsche mindestens der Hälfte aller Hochzeitsgäste. Jeder zweite Europäer wünscht sich, eine solche Szene einmal live zu erleben.«

»Aber gerade hast du gesagt, man könne nur kirchlich getraut werden, wenn man vorher bereits standesamtlich verheiratet wurde. Also wäre das bloß die reine Show und völlig überflüssig.«

Hanna nickte nachdenklich. »Das stimmt. Dadurch

würde die ganze Sache nur peinlich werden. Aber wenn du schon beim Standesamt Nein sagst, verschenkst du viel zu viel dramaturgisches Potenzial.« Sie griff nach dem Telefonhörer. »Ich werde beim Standesamt anrufen und fragen, welchen Formfehler man begehen muss, der nicht sofort bemerkt wird, aber die Eheschließung ungültig macht.«

Mit offenem Mund verfolgte ich, wie sie bei der Auskunft die Nummer des Standesamtes von Wermelshoven weit draußen in der Provinz verlangte und sich dort mit einem Standesbeamten verbinden ließ.

»Guten Tag, mein Name ist Hanna Braun. Ich bin Schriftstellerin und schreibe gerade einen Roman über eine Hochzeit«, sagte sie. »Ich würde gern wissen, was man machen kann, damit eine Eheschließung nicht rechtsgültig ist. – Ja, genau, Schriftstellerin. Nicht von *Verstehen Sie Spaß*, ich schwöre es. – Oh, der Titel von meinem Roman steht noch nicht fest. – Ja, es soll eine Komödie werden. Eine Tragikomödie, um genau zu sein. – Aha. Bei Ihnen könnte das nicht passieren. Aber es gibt ja auch noch andere Standesbeamte, weniger gründliche, weniger gewissenhafte vielleicht? – Ja, sagen Sie? Für meinen Roman könnte ich ja ohne weiteres ein schwarzes Schaf von Standesbeamten erfinden, nicht wahr? – Aha, ja, das gefällt mir. Das ist eine wunderbare Idee. Und die Ehe ist dann ganz sicher ungültig? – Ja, natürlich. Man möchte ja sorgfältig recherchieren, nicht wahr? Vielen, vielen Dank für diese Auskunft. Sie werden das allererste Exemplar bekommen, handsigniert.«

Glucksend legte sie den Hörer auf. »Wenn das hinhaut, schreibe ich wirklich einen Roman darüber. *Die Braut, die nein sagte.* Der Mann hat einen genial einfachen Vorschlag gemacht.«

»Der Standesbeamte hatte Humor«, sagte ich anerkennend, als ich mir den Vorschlag angehört hatte. »Überhaupt habe ich in diesen Wochen ein ganz anderes Bild von Beamten als solchen bekommen, wirklich. Am nettesten war der Typ von der Unteren Wasserbehörde, der mir wegen des Sickerschachtes geholfen hat. James Bond.«

»Du solltest mal mit ihm ausgehen«, sagte Hanna, aber da musste ich leider aufstehen, den Pfefferminztee erbrechen und die Diskussion auf später verschieben.

Mein freier Tag in der Woche fiel auf den Namenstag der heiligen Sophie, eine der Eisheiligen. Es war tatsächlich empfindlich kalt, aber die Sonne schien, und der Himmel war strahlend blau.

Hanna musste arbeiten. »Leg dich in die Sonne«, sagte sie, bevor sie ging. »Es ist nur noch eine läppische Woche bis zum Tag X, und du hast dringend Farbe nötig.«

Also legte ich mich warm eingepackt auf ihrem Balkon in einen Liegestuhl und las den Text für die Trauungszeremonie noch einmal genau durch. Es gefiel mir, dass der Pfarrer zuerst Alex fragen würde.

»Alexander Baum, ich frage Sie: Sind Sie hierhergekommen, um nach reiflicher Überlegung und aus freiem Entschluss mit Ihrer Braut Elisabeth den Bund der Ehe zu schließen?«

Und Alex musste sagen: »Ja!«

»Wollen Sie Ihre Frau lieben und achten und ihr die Treue halten alle Tage ihres Lebens?« Ihres Lebens, wohlgemerkt, ihres klein geschrieben. Alex musste mir so lange die Treue halten, wie ich am Leben war. Danach konnte er wieder mit Tanja ins Bett.

Vielleicht hatte er vor, mich vom Erkerrand unseres Hauses in die Baugrube zu stürzen, vielleicht würde er deshalb leichten Herzens antworten: »Ja«, und ein listiges Lächeln würde sich auf seine Lippen stehlen.

Aber vielleicht sollte ich, wenn der Pfarrer sich dann an mich wandte, um mir die gleiche Frage zu stellen, tatsächlich zögern und schließlich bedauernd die Schulter heben und »Nein« sagen.

Keine schlechte Idee. Alex würde auf der Stelle um zehn Jahre altern und damit den Altersunterschied zwischen sich und seiner kleinen Wildkatze auf fünfundzwanzig Jahre erweitern.

»Nein, das will ich wirklich nicht«, würde ich sagen, während alle Hochzeitsgäste die Luft anhielten. Und – zack – hätte Alex den Brautstrauß an der Backe.

Aber je länger ich mir diese Szene ausmalte, desto mehr kam ich zu der Überzeugung, es fehle noch das Tüpfelchen auf dem i.

Nach längerem Überlegen ging ich hinein zum Telefon und wählte die Nummer der Gemeindeverwaltung und ließ mich mit Herrn Ehrmann von der Unteren Wasserbehörde verbinden.

»Ehrmann, guten Tag«, sagte James Bond mit schon beinahe vertrauter Stimme.

»Mein Name ist Jensen«, begann ich mutig. »Vielleicht erinnern Sie sich an mich.«

»Ja, natürlich«, erwiderte James Bond. »Jensen, Elisabeth, Parzelle 34235. Schön, dass Sie anrufen. Kann ich Ihnen irgendwie weiterhelfen?«

Ich schluckte schwer. »Ja.« Was soll's – ich hatte nichts zu verlieren. »Sie könnten mir einen ganz großen Gefallen tun.«

»Lassen Sie hören.«

AN MEINEM HOCHZEITSTAG schien die Sonne. Der Himmel war leuchtend blau, die jungen Blätter an Blumen und Büschen wirkten wie frisch gewaschen.

Für das Wetter hatte Kassandra gesorgt; es sei ein hartes Stück Arbeit gewesen, sagte sie. Sie hätte gern auch für schönes Wetter bei unserer standesamtlichen Trauung am Vortag gesorgt, aber dafür sei mehr Energie notwendig gewesen als die einer einzigen zauberkräftigen Person von einem anderen Planeten. Bei unserer standesamtlichen Trauung hatte es deshalb Bindfäden geregnet.

Als Alex Donnerstagabend aus Karlsruhe kam, genervt, aber immerhin mit drei Tagen Urlaub im Gepäck, regnete es auch schon. Nur wenige Stunden vorher war ich mit dem nötigsten Gepäck wieder in unsere gemeinsame Wohnung eingezogen, meinem Waschzeug, etwas Unterwäsche und den Kleidern, die ich in den nächsten zwei Tagen brauchen würde. Meine persönlichen Gegenstände hatte ich längst entfernt, Bücher, Schneekugelsammlung, Buchsbaumkugeln und -spiralen, diverse Küchenutensilien, unter anderem meine Knoblauchpresse, eine vergleichbare gab es nirgends mehr zu kaufen, mein Besteck und meine silbernen Sektkelche, alles war in Kisten verpackt und vorerst in Hannas Keller untergebracht worden.

Ich fand, dass die Wohnung erschreckend kahl

wirkte, aber Alex schien keinen Unterschied zu merken.

»Wie schön, mal wieder zu Hause zu sein«, sagte er. »Gut siehst du aus. Irgendwie dünner.«

»Ich habe vier Kilo abgenommen«, sagte ich wahrheitsgemäß.

»Damit du ins Brautkleid passt, was?« Alex warf seine Reisetasche in die Ecke. Am Schrank hing sein Hochzeitsanzug, Weste, Hose, Sakko und Vatermörderhemd, alles vom Feinsten, mit Hildes Dampfbügeleisen in Hochform gebracht. Es fehlte nur noch die cremefarbene Rose im Knopfloch, aber die würde er am Samstagmittag frisch angesteckt bekommen.

Es war eigenartig, mit Alex an einem Tisch zu sitzen und zu essen. Ich hatte nur eine Tiefkühlpizza für ihn in den Ofen geschoben und knabberte selber an rohen Möhren.

»Ich hatte so wenig Zeit«, sagte ich entschuldigend.

Alex lächelte trotzdem. »Was gibt es zum Nachtisch?«

»Ich könnte eine Dose Pfirsiche aufmachen«, sagte ich.

»Oder?«

Ich schaute unschuldig zu ihm hinüber. »Oder nichts. Sonst haben wir absolut nichts im Haus.«

Jetzt seufzte Alex. »Ich habe dich so vermisst«, sagte er. »Diese Nächte im Hotelzimmer waren die reinste Hölle.«

»Ach ja?«, fragte ich spöttisch und musterte ihn scharf. Aber Alex zeigte nicht die geringste Spur von Verlegenheit.

Er griff nach meiner Hand. »Wenn das verfluchte Kaufhaus fertig ist, kümmere ich mich wieder mehr um dich. Um dich, unser Häuschen und unser kleines Kätzchen. Wo ist die Katze überhaupt?«

»Ich habe sie bei Hanna untergebracht, während des ganzen Trubels hier ist sie da besser aufgehoben«, sagte ich schnell.

»Sehr gut«, lobte Alex. »Überhaupt, für eine Frau hast du das alles ganz toll geregelt. Weißt du noch, wie du dich am Anfang geziert hast? Du hast echt eine Menge von mir gelernt.«

»Ja«, stimmte ich zu. »Wer mich mal heiratet, hat das große Los gezogen.«

Darüber lachte Alex herzlich. Dann kam er um den Tisch herum, umarmte mich, küsste meinen Nacken, pustete in mein Ohr und liebkoste mit der Zungenspitze die kleine Narbe an meinem Hals. Dieses Zeremoniell hatte fast nichts von seinem Reiz eingebüßt. Einen Augenblick lang war ich versucht, noch einmal mit ihm zu schlafen, zum Abschied sozusagen, aber einer der selten gewordenen Brechanfälle machte mir und vor allem Alex einen Strich durch die Rechnung.

»Bist du krank?«, fragte er, als ich nicht aus dem Badezimmer zurückkehrte. Er lehnte sich in den Türrahmen und sah nicht besonders mitfühlend aus, eher ungehalten. »Ich hatte mich so auf unser Wiedersehen gefreut.«

»Ich – das ist wohl die Aufregung«, stotterte ich.

Alex nahm mich wieder in die Arme und machte da weiter, wo er aufgehört hatte. Aber der Moment der Versuchung war vorbei, seit Josias oder Florine sich eingemischt hatte. Ich befreite mich aus der Umarmung, indem ich Alex einen Stoß vor die Brust gab.

»Was ist los mit dir?«, fragte er und machte ein finsteres Gesicht, die Mundwinkel nach unten gezogen. Er erinnerte mich an jemanden, ich wusste nur nicht, an wen.

»Nichts«, sagte ich. »Mir ist bloß schlecht. Vor Aufregung.«

»Na toll«, sagte Alex. »Schöne Wiedersehensfeier. Unheimlich leidenschaftlich.«

»Tut mir echt Leid.«

»Toll«, sagte Alex wieder. Er drehte mir beleidigt den Rücken zu und schlurfte aus dem Raum. Es war genau, wie Hanna gesagt hatte. Sobald unsere Hormone nicht mehr perfekt aufeinander abgestimmt waren, zeigte Alex sein wahres Gesicht.

Ich blieb zurück und putzte mir nachdenklich die Zähne. War er erst seit neuestem so, oder hatte ich es früher nur nie bemerkt? Tatsache war, dass ich mich keiner Situation entsinnen konnte, in der einer von uns keine Lust auf Sex gehabt hatte, vielleicht hatte ich es deshalb nie gemerkt. Jetzt wusste ich auch, an wen er mich vorhin erinnert hatte. Er hatte ausgesehen wie sein Vater, er würde mal die gleichen Falten um den Mund bekommen. Liebe macht blind, sagte Hanna, und sie hatte Recht. Ich war jahrelang blind vor Liebe gewesen.

Diese Zeiten waren nun vorbei. Ich hatte nicht mal Lust, nach nebenan zu gehen und mich neben Alex ins Bett zu legen. Deshalb ließ ich mir spontan ein Bad einlaufen. Im Regal stand noch eine halbvolle Flasche Cremebad *Roma Uomo*, das ich Alex zum Geburtstag geschenkt hatte. Ich liebte den Duft von Roma, und es gab keinen Grund, Alex das Vergnügen zu gönnen, darin zu baden. Also leerte ich die Flasche in die Badewanne, zog mich aus, und ließ mich von Wasser und Schaum zudecken wie von einer warmen Decke. Als ich nach zwei Stunden nackt nach nebenan kam, schlief Alex schon, mit dem Gesicht zur Wand.

Der standesamtlichen Trauung am nächsten Vormittag wohnten nicht viele Menschen bei, nur Hilde und meine Mutter, Hanna und Alex' Kollege Stefan als unsere Trauzeugen sowie die Standesbeamtin. An diesem Tag wurden siebzehn Pärchen getraut, und es hatte bereits Verzögerungen gegeben, sodass ich die Standesbeamtin stark im Verdacht hatte, ihre Ansprache auf mindestens die Hälfte reduziert zu haben. Trotzdem war es eine schöne Zeremonie. Der Regen schlug von draußen an die bleiverglasten alten Fensterscheiben, das Licht war zusätzlich durch das Laub der alten Linden davor angenehm gedämpft, die Stimme der Beamtin melodisch. Ich trug mein rotes Kleid, dazu passende Schuhe und Hannas Tomatenhut. Ich sah sehr gut aus, Alex hatte es mir auf dem Weg hierhin tatsächlich einmal gesagt. Allerdings meckerte er wegen des Hutes, der sei doch wohl mehr was für Karneval. Immerhin war er mit weit besserer Laune aufgewacht, als er eingeschlafen war.

Auch meine Mutter machte mir ein Kompliment, soweit ich mich erinnerte, war das das erste Mal in meinem Leben.

»Wie schlank du aussiehst«, sagte sie, als sie mich vor der Trauung umarmte. »Richtig zart.«

»Das wird sich bald ändern«, sagte ich selbstsicher. »Nach der Hochzeit werde ich aufgehen wie ein Hefekloß.«

»Das muss nicht sein«, sagte meine Mutter, aber sie hatte ja keine Ahnung.

Hanna überreichte Alex die beiden Trauringe von Eduscho für je neunundzwanzig Mark neunzig und flüsterte: »Echt Platin. Lass sie bloß nicht fallen!«

Die Zeremonie für den Staat war nicht halb so kompliziert wie die mit Pfarrer. Wir mussten je einmal ja sagen, uns gegenseitig den Ring anstecken und schließlich unsere Heiratsurkunde unterschreiben. Hilde fotografierte alle wesentlichen Augenblicke mit ihrer praktischen Pocketkamera. Der sündhaft teure Fotograf war erst für morgen engagiert.

Alles klappte völlig reibungslos. Die Standesbeamtin knallte den Stempel unter das Papier und geleitete uns hinaus. Draußen wartete schon das nächste Paar, und das übernächste schritt auch schon im Gang auf und ab.

Ich ließ mich von Alex küssen und über die Wange streicheln. Ich lächelte sogar so strahlend, wie alle Bräute lächeln, wenn sie den Ring am Finger tragen. Hanna zwinkerte mir verschwörerisch zu.

Vor Montag würde niemand merken, dass ich die Heiratspapiere weder mit meinem alten noch mit meinem neuen Namen unterschrieben hatte, sondern mit *Pippi Langstrumpf*, ganz genau so, wie es der Standesbeamte in Wermelshoven Hanna für ihren Roman vorgeschlagen hatte. Damit war unsere Eheschließung in jedem Fall ungültig, das hatte auch Hannas Anwalt bestätigt. Allerdings hatte er auch gesagt, dass das eine Straftat sei, wenn man es denn so auslegen wollte. Ich hoffte, man würde ein Auge zudrücken, wenn es soweit war.

Nach dem Mittagessen im kleinen, aber feinen Restaurant neben dem Rathaus und dem längst fälligen Gespräch mit dem Pfarrer fuhren Alex und ich gemeinsam zur Baustelle hinaus.

Alex war sehr beeindruckt, wie weit der Bau unseres Hauses schon fortgeschritten war. Aber natürlich entdeckte er die Trennmauer im Badezimmer sofort.

»Was ist denn das?«, rief er. »Warum hast du das nicht gemerkt?«

»Das muss heute erst passiert sein«, meinte ich.

Alex befühlte den Mörtel.

»Nein, das ist schon länger her«, sagte er, schenkte mir aber ein nachsichtiges Lächeln. »Na ja. So ein richtiger Fachmann bist du eben doch noch nicht.«

»Möglich«, gab ich zu.

»Die sollen die Mauer wieder wegschlagen«, sagte Alex. »Das regle ich auf der Stelle.« Er nahm sogleich sein Handy aus der Brusttasche. Aber es war später Freitagnachmittag, da ging kein Bauunternehmer der Welt ans Telefon. Die waren jetzt alle auf ihren Wochenendbaustellen. Unserer auch. Ich seufzte erleichtert.

»Dann muss es eben warten«, sagte Alex. »Versprich mir aber, dass du dich gleich Montag früh darum kümmern wirst.«

»Natürlich«, sagte ich.

Alex sah sich um, durchmaß das Wohnzimmer mit langen Schritten. »Und das wird demnächst mein Reich sein, mein Zuhause, das meine kleine Frau gemütlich einrichten wird. Freust du dich?«

»Natürlich.« *Sein* Reich, *sein* Zuhause und *seine* kleine Frau. Ich war froh, mit Pippi Langstrumpf unterschrieben zu haben.

»Keine zweiundzwanzig Stunden mehr, und wir sind auch *im Namen Gottes und seiner Kirche* getraut«, sagte Alex feierlich.

»Du hast die Trauungszeremonie wirklich gelesen«, erwiderte Pippi Langstrumpf. »Wie du das noch geschafft hast bei all deiner Arbeit und dem ganzen Stress! Dafür muss man dich echt bewundern.«

»Irgendwas musste ich ja tun, in den langen, einsamen Nächten im Hotel«, entgegnete Alex dreist. »Ich kann das alles auswendig runterbeten.«

Ja, diese langen, einsamen Nächte in Karlsruhe, die hatten es wirklich in sich gehabt, das wusste ich ja. Ich blickte mit leicht geöffneten Lippen zu ihm auf.

»Lass uns nach Hause fahren und die verpasste Wiedersehensfeier von gestern nachholen«, hauchte ich.

Alex sprintete beinahe zum Auto zurück. Den Rückweg schaffte er in Rekordzeit. Ich hatte während der ganzen Fahrt eine Hand auf seinem Oberschenkel, mit jedem Kilometer einen Millimeter weiter oben. In der Wohnung warf er mich ohne Umschweife aufs Bett.

»Gott, habe ich dich vermisst«, raunte er in mein Ohr, aber Gott schickte keinen Blitz auf die Erde nieder, um ihn für diese Lüge und den Missbrauch seines Namens zu strafen. Das musste ich übernehmen. Ich half Alex aus Hemd und Anzug, schälte ihn vorsichtig aus der Unterhose und bedeckte seinen Bauchnabel mit harten, kleinen Küssen. Als er begann, durch die Nase zu atmen, richtete ich mich atemlos auf. Strafe musste sein.

»Wie spät ist es?«

»Wozu willst du das jetzt wissen?«, fragte Alex und drückte meinen Kopf wieder hinab.

»Na, weil ich doch um sieben bei Hanna sein muss, für meinen Junggesellinnenabend«, sagte ich. »Himmel, es ist schon viertel vor. Ich werde zu spät kommen.«

»Davon weiß ich gar nichts«, sagte Alex, und wieder hatte er diesen verkniffenen Zug um den Mund, genau wie sein Vater.

Ich sprang aus dem Bett und zog meine Schuhe an. »Natürlich, ich habe es dir ganz sicher gesagt. Du musst es vergessen haben.«

»Aber das hier ist der Abend vor unserer Hochzeit«, sagte Alex gekränkt.

»Eben«, erwiderte ich. »Den verbringt das Brautpaar getrennt voneinander, das ist Tradition. Ich dachte, du ziehst auch mit deinen Freunden um die Häuser.«

»Ich habe nichts geplant«, murrte Alex. »Wie sollte ich auch – von Karlsruhe aus?«

»Oh«, sagte ich und schaffte es, dabei ein bedauerndes Gesicht zu machen. »Dann kannst du Hilde und dem ehrenamtlichen Trupp aus deinen Tanten und Cousinen helfen, die kleinen Reissäckchen zu füllen und die Streukörbchen für die Blumenkinder. Sie kommen gleich und wollen das hier erledigen, weil Hildes Wohnung schon hoffnungslos zugestellt ist mit Gästebetten und einem Riesenhaufen unserer Geschenke. Du könntest ihnen Kaffee kochen und so was.«

Er zog einen mürrischen Flunsch. »Na toll. So habe ich mir meine Hochzeitsnacht nicht vorgestellt.« Wieder zog er seine Mundwinkel schmollend nach unten.

»Morgen ist unsere richtige Hochzeitsnacht.« Ich senkte meine Stimme zu einem verführerischen Raunen. »Und ich verspreche dir, dass du die niemals im Leben vergessen wirst.«

Alex' Gesicht hellte sich etwas auf. Ich küsste ihn auf den Mund.

»Bis nachher«, sagte ich fröhlich. »Warte nicht auf mich. Ich weiß nicht, wann ich wiederkomme.«

Ich verbrachte die Nacht bei Hanna auf meinem Schlafsofa, an Hummels weichen, brummenden Körper geschmiegt. Um halb sechs Uhr morgens klingelte der Wecker, ich zog mich leise an, fuhr nach Hause und schlich mich für eine letzte halbe Stunde zu Alex ins Bett. Er lag auf dem Rücken und knirschte leise mit den Zähnen.

Der Radiowecker schaltete sich Punkt drei Minuten nach sieben ein.

»Und nun die Wettervorhersage für heute, Sonnabend, den vierundzwanzigsten Mai«, sagte der Nachrichtensprecher. Sonnabend, der vierundzwanzigste Mai, mein Hochzeitstag. Die Wettervorhersage interessierte mich nicht, Kassandra wollte für Sonnenschein sorgen, und sie hatte ihr Versprechen gehalten. Durch die Jalousien sah ich den blauen Himmel.

Alex drehte sich zu mir um. Er sah verknautscht aus, die Lider ein wenig geschwollen, die Stirn zerfurcht, Mitesser auf der Nase. Dass ich die niemals zuvor bemerkt hatte!

»Wann bist du gekommen?«, fragte er beleidigt. »Die Tanten und Cousinen waren bis nach Mitternacht hier. Irgendwann um drei bin ich eingeschlafen, aber da warst du noch nicht zu Hause!«

Sein Atem roch auch nicht gut. Ich war froh, dass ich nicht für den Rest meines Lebens neben ihm aufwachen musste.

»Guten Morgen«, sagte ich. »Wir müssen aufstehen, das wird ein harter Tag.«

Besonders für dich, Baby. Ein harter Tag mit einem sehr eng gesteckten Zeitplan. Hilde kam bereits zum Frühstück. Während Alex und ich Toast und frischgepressten Orangensaft zu uns nahmen, bügelte sie den Hochzeitsanzug noch einmal auf und putzte Alex' Schuhe. Anschließend fuhr sie mich in ihrem Auto zum Floristen, wo wir den Kranz abholten, aus echten Orangenblüten und -blättern sowie leuchtenden kleinen Apfelsinenkugeln. Er war traumhaft schön geworden.

»Du musst ihn später trocknen«, sagte Hilde auf der Weiterfahrt. »Er ist zu schade zum Verwelken.«

Der Friseur fand das auch.

»So ein schöner Kranz«, sagte er. »Und so schöne Haare.«

Er drehte meine schönen Haare auf große Wickler, die vorderen Partien auf kleine Spiralen, er toupierte, kämmte und sprayte und steckte alles zu einer dieser Frisuren auf, die man immer in Zeitschriften sieht, aber niemals selber hinbekommt. Eine lässig aufgesteckte wuschelige Mähne, aus der sich einzelne Strähnen lösen und gekringelt in die Stirn fallen. Eine junge Visagistin schminkte mich anschließend. Zum ersten Mal in meinem Leben hatte ich einen geraden Lidstrich. Ganz zum Schluss setzte man mir den Kranz ins Haar, meinen Kranz mit echten Orangen und duftenden Orangenblüten. Es war genau, wie ich es mir immer ausgemalt hatte. Selbst jetzt, im vanillegelben Friseurumhang, sah es umwerfend aus. Eigentlich war es richtig schade, dass meine Rolle als Braut nur so kurz sein würde. Vielleicht sollte ich mir das alles noch mal überlegen. Es gab Frauen, die hielten es mit weit schlimmeren Kerlen aus.

Nachdenklich starrte ich mein Spiegelbild an. Ich musste ja nicht nein sagen, noch war es nicht zu spät. Die Pippi-Langstrumpf-Geschichte würde niemand aufdecken, solange ich nicht absichtlich darauf hinwies.

Hilde, die mich nach zwei Stunden wieder abholte, stieß einen Schrei des Entzückens aus.

»Wunderschön«, rief sie. »Wirklich wunderschön. Du siehst besser aus, als ich es je für möglich gehalten habe.«

Bei uns zu Hause wartete der Fotograf für die ersten Fotos, solange Frisur und Make-up noch ganz frisch und vollkommen waren. Alex hatte einen langweiligen Vormittag verbracht. Er hatte sich geduscht, die Haare gewaschen und geföhnt, rasiert und manikürt. Den Rest der Zeit hatte er bloß dumm herumgesessen. Er sah jetzt bedeutend besser aus als am Morgen. Sein grauer Anzug stand ihm gut, der Vatermörderkragen verlieh ihm etwas Verwegenes. Wir würden ein hübsches Paar abgeben.

Hanna war auch schon da, im feuerroten Modell *Tomate* mit passendem Hut und Lippenstift, und sie und Hilde halfen mir in mein Kleid, obwohl es keins von der Sorte war, das man nicht allein anziehen konnte. Es passte perfekt, *Champagner nach geglückter Flucht*, ich würde es vermutlich nicht umtaufen.

»Alles verläuft planmäßig«, flüsterte Hanna mir zu, und Hilde, die scharfe Ohren hatte, sagte stolz: »Das will ich meinen.«

Als ich ganz fertig war, trat ich zu Alex hinaus in den Garten, wo der Fotograf sein Stativ aufgebaut hatte. Kassandra, ganz in hellem Orange, eine Karneolkette um die Stirn, unterhielt sich mit ihm über die Lichtverhältnisse unter den Birken.

»Ganz wunderbares Licht, ganz einmalig«, sagte der Fotograf, und Kassandra lachte erfreut.

»Das Wetter haben Sie mir zu verdanken«, sagte sie. »Es war ein hartes Stück Arbeit, aber ich hab's für meine Freunde getan. Eine Hochzeit im Regen, das ist doch nur halb so schön.«

Herr Meiser, unser Vermieter, war auch da und freute sich, dass sein Schwimmbad die Kulisse für unsere Fotos darstellen sollte. Zur Feier des Tages hatte er sogar die Poolabdeckung geöffnet, obwohl er riskierte, dass sich das Wasser um einen halben Grad abkühlte. Ich lächelte ihn gerührt an.

»Wahnsinn«, sagte Alex, als er mich sah.

Ich drehte mich selbstgefällig einmal um die eigene Achse.

»Bringt es nicht Unglück, die Braut vorher zu sehen?«, frage Alex.

»Ja, aber nur dem Bräutigam«, meinte ich.

»Papperlapapp«, rief Hilde.

Alex wollte mich küssen.

Hilde fuhr dazwischen. »Nicht! Der ganze Lippenstift verschmiert sonst! Erst nach der Kirche, hast du verstanden?«

Alex gehorchte resigniert. Der Fotograf verschoss drei Filme. Ich ließ mir sein Kärtchen geben, die Fotos wollte ich um jeden Preis besitzen, was immer auch geschehen würde.

Als der Fotograf schließlich ging, war gerade noch Zeit für einen kleinen Imbiss, dann klingelte auch schon der uniformierte Chauffeur des gemieteten Oldtimers, der mich zur Kirche bringen sollte. Alex würde in einem anderen Auto vorfahren und am Portal auf mich warten. Hanna aber sollte mich begleiten. Sie kletterte vor mir in den breiten Fond der Limousine.

Hilde küsste mich sehr vorsichtig auf beide Wangen.

»Bis nachher, Kind«, sagte sie. »Und denk dran: langsam gehen!«

Ich umarmte sie ohne Rücksicht auf mein Kleid oder das Make-up. »Vielen Dank für alles, Hilde.« Beinahe hätten wir zu einer Familie gehört. Ich wollte nicht, dass sie schlecht von mir dachte.

»Fahren Sie langsam«, sagte Hilde zu dem uniformierten Chauffeur. »Damit wir anderen noch ein wenig Zeit haben, uns vor der Kirche aufzubauen. Hoffentlich sind die Blumenkinder pünktlich.«

Der Chauffeur wartete, bis das Auto mit Hilde und Alex um die Ecke verschwunden war. Dann gab er seufzend Gas und tuckerte in Zeitlupe hinterher.

»Wenn Sie einen kleinen Umweg machen würden, könnten Sie schneller fahren«, sagte Hanna zu ihm. »Wir möchten zuerst noch im Schlosshotel nach dem Rechten sehen, wo nachher die Feier stattfinden soll.«

»Aber gerne.« Der Chauffeur sah angenehm überrascht aus. Grinsend drückte er auf die Tube.

Das Schlosshotel war um diese Jahreszeit wunderschön. Eine Allee aus uralten, rosa blühenden Kastanien führte am See vorbei zum Hauptportal des Schlosses, es war rosafarben und efeuberankt. Wenn ich jemals noch mal heiraten sollte, dann würde es auch hier sein.

Die Besitzerin des Restaurants, die dabei war, persönlich letzte Hand an die kunstvollen Blumen- und Stoffarrangements zu legen, war leicht befremdet, als sie uns sah.

»Wir wollten nur noch einmal nach dem Rechten sehen und Sie von einer kleinen Änderung in Kenntnis setzen«, erklärte ihr Hanna. »Sind die Kanapees schon fertig?«

»Selbstverständlich«, sagte die Besitzerin und wies auf die unter Frischhaltefolie gesicherten Appetithäppchen im Schatten. Ich wusste von Hilde, dass es siebzehn verschiedene Sorten davon gab, mit Shrimps, Kaviar, Lachs, Forellenfilet, getrüffelter Gänseleber, tropischen Früchten und hundert anderen Leckereien. Mir lief das Wasser im Munde zusammen.

»Wir haben beschlossen, aufgrund des unerwartet schönen Wetters den Champagnerempfang unter freiem

Himmel vor der Kirche stattfinden zu lassen. Bitte geben Sie dem jungen Mann, der gleich kommt, den Champagner und die Kanapees mit.«

»Aber wer wird die Gäste vor der Kirche bedienen?«, fragte die Frau. »Ich kann unmöglich meine Leute dort hinausfahren lassen.«

»Das machen wir selber«, erklärte Hanna. »Für Ihre Leute gibt's ja auch später noch genug zu tun.«

»Das stimmt«, sagte die Frau. »Möchten Sie sich auch drinnen noch umgucken?«

Ich nickte. Wenigstens ansehen wollte ich ihn mir mal, den Saal, in dem ich den glücklichsten Tag meines Lebens hätte ausklingen lassen. Ich bewunderte die geschliffenen Spiegel an den Wänden, die edlen Kerzenleuchter, die Tischdekoration, das feine Porzellan sowie die von Alex' Tanten und Cousinen gemalten Tischkärtchen und seufzte.

»Du bist noch jung«, sagte Hanna neben mir. »Sicher wirst du noch öfter Gelegenheit haben, in einem Schuppen wie diesem zu speisen. Komm jetzt, wir müssen uns beeilen.«

Ich folgte ihr zögernd. Auf dem Weg nach draußen kamen wir an einem drei Meter langen Tisch vorbei, auf dem sich ein beeindruckender Geschenkeberg türmte, große Kisten, kleine Kisten, so weit das Auge reichte. Ich blieb davor stehen.

»Eine Schande«, sagte ich zu Hanna. »Eine Schande, dass ich davon auch nichts kriegen soll.«

»Du müsstest es zurückgeben«, sagte Hanna. »Da hast du nichts von.«

»Ich weiß«, seufzte ich und ließ meinen bedauernden Blick ein letztes Mal über die Geschenke streifen. Das alles hätte mein sein können, dachte ich. Alles! »Vielleicht sage ich doch lieber ja«, sagte ich zu Hanna. Da entdeckte ich eine vergleichsweise winzige, längliche Schachtel zwischen zwei größeren Paketen liegen. Ich wusste sofort, das konnte nur der silberne Füllfederhalter sein, den ich mir schon immer gewünscht hatte. Verstohlen sah ich mich um und nahm die Schachtel einfach mit.

In der Limousine las ich die Karte, die dabeigelegen hatte: *»Dem Brautpaar alles Gute von Carola, Tommy und Calvin.«* Wie nett! Dabei waren die nicht mal eingeladen, oder doch?

»Das ist Diebstahl«, sagte Hanna tadelnd.

Ich zuckte die Schulter. »Darauf kommt es jetzt auch nicht mehr an. Außerdem kann mir niemand was nachweisen. Das Päckchen könnte einfach verloren gegangen sein, in diesem Durcheinander, oder?«

Hanna ärgerte sich. »Ich hätte mir auch gern ein Paket mitgenommen. Diese herrlichen Weingläser zum Beispiel, die hätte ich furchtbar gut gebrauchen können!«

»Wir können noch mal zurückfahren«, schlug ich gierig vor. »Ich will auch die Schneekugeln haben!«

»Das geht nicht«, meinte Hanna nach einem Blick auf die Uhr. »Leider.«

»Wir haben ja auch immer noch kistenweise Champagner«, tröstete ich uns.

Der Chauffeur nahm den Fuß vom Gas. »Wir sind gleich da«, sagte er und tuckerte in angemessener Geschwindigkeit weiter. Mir wurde noch eine Spur mulmiger zumute.

Vor uns tauchte die Kirche auf. Sie lag auf einem kleinen Hügel, eine steile, breite Treppe führte bis hinauf zum Portal, und die ganze Treppe stand voll festlich gekleideter Menschen. Ganz oben stand Alex in seinem Vatermörderhemd. Als der Wagen hielt, kam er mir entgegen, die ganzen Stufen herab, half mir aus dem Wagen und überreichte mir den Brautstrauß. Hilde hatte ihn ausgesucht, passend zum Kleid. Cremefarbene Rosen, Ranunkeln und als einzelne Akzente orangefarbene Fresien, Knospe an Knospe, wie ein Wasserfall gebunden. Die Blütenflut reichte von meiner Taille bis zu den Oberschenkeln. Die Gäste auf der Treppe klatschten Beifall, als Alex mich vorsichtig auf die Lippen küsste. Ich fühlte mich wie eine Schauspielerin in einem Freilichttheater, mit Lampenfieber und allem, was dazugehörte. Es war ein tolles Gefühl, so im Mittelpunkt zu stehen. Alex schien es ebenfalls zu genießen.

Auf einen Wink von Hilde strömten alle in die Kirche. Oben warteten nur die Blumenkinder auf uns, zwei blonde Engel, eineiige Zwillinge von Alex' Cousine Dietlinde, in rosa Rüschenkleidern.

Alex griff nach meinem Ellenbogen.

»Und jetzt wir«, sagte er. »Ich bin richtig aufgeregt, du nicht?«

»Doch«, flüsterte ich. »Das ist der aufregendste Tag in meinem Leben.«

An Alex' Arm schritt ich die Treppe hinauf, über die Schwelle und den Gang entlang nach vorne zum Altar. Wir gingen langsam, wie Hilde es uns eingeschärft hatte, die Orgel intonierte »Lobe den Herren«.

Ein paar Schritte lang hielt ich den Gedanken, Nein zu sagen, für völlig absurd. Das hier war so schön, so perfekt, dass ich ganz gerührt war und auf eine eigenartige Weise glücklich. Alle unsere Gäste hielten uns das Gesicht zugewandt, ich blickte lächelnd nach links und rechts. Da war Kassandra mit der Karneolkette auf der Stirn – danke für den Sonnenschein –, dann Carola, Tommy und der dicke Calvin, also doch – danke für den wunderbaren Füller. Davor Horst und Sylvia, für sie würde ich meine Rolle gleich noch eine Spur besser spielen. Danke jedenfalls für den Champagner.

In der dritten Reihe sah ich einen hellblonden Pagenkopf schimmern. Zwei babyblaue Augen musterten mich abschätzend, aber sie konnten natürlich keinen Makel entdecken. Beinahe wäre ich stehen geblieben. Wenn das nicht der Gipfel der Dreistigkeit war! Da saß doch wahrhaftig die Praktikantin Tanja, die nur in schwarzen Strümpfen zu sehen ich bereits das zweifelhafte Vergnügen gehabt hatte.

Ich sah Alex von der Seite an. Auch er hatte Tanja bemerkt, sein Gesicht hatte sich gerötet, er bedachte sie mit einem ärgerlichen Blick. Keine Frage, ihre Anwesenheit hier war nicht abgesprochen. Aber warum war sie hier? Ich hätte es jedenfalls nicht ertragen, die Braut meines Geliebten zu sehen, auf dem Höhepunkt vollkommener Schönheit, hätte es nicht ertragen, zu sehen, wie sie und er den Bund fürs Leben schlössen, für immer und ewig. Vielleicht hatte sie masochistische Neigungen, Alex' kleine Wildkatze. Ich schenkte ihr ein besonders strahlendes Lächeln, und da senkte sie immerhin den Kopf. Meine Patentante Gertrud, meine Mutter, meine Cousine Susanna und Bruno saßen mit Hanna und Hilde und Stefan, dem anderen Trauzeugen, in der ersten Reihe. Sie alle lächelten mir zu, ja sogar Bruno ließ seine Nasenhaare freudig beben.

Für Alex und mich hatte man zwei Stühle direkt vor den Altar gestellt, auf die wir uns niederlassen und die aufgeregt wippenden Kniegelenke entspannen durften.

Der Pfarrer, ein wenig furchteinflößend im schwarzen Talar, hatte eine lange Predigt vorbereitet, passend zur Lesung aus dem ersten Brief des Apostels Paulus an die Korinther (13, 4–8a).

»Die Liebe höret niemals auf«, heißt es da. *»Die Liebe ist langmütig, die Liebe ist gütig. Sie ereifert sich nicht, sie prahlt nicht, sie bläht sich nicht auf. Sie handelt nicht ungehörig, sucht nicht ihren Vorteil, lässt sich nicht zum Zorn reizen, trägt das Böse nicht nach. Sie freut sich nicht über das Unrecht, sondern freut sich an der Wahrheit. Sie erträgt alles, hofft alles, hält allem stand. Die Liebe hört niemals auf.«*

Als ich das hörte, wusste ich mit ziemlicher Sicherheit, dass damit nicht dieselbe Liebe gemeint sein konnte, die ich einmal für Alex empfunden hatte. Meine Liebe war weder unendlich noch glaubte, hoffte und ertrug sie alles. Tanja in den schwarzen Strümpfen hatte meine Liebe in Sekundenbruchteilen erschöpft. Aber das konnte der Pfarrer nicht wissen.

Endlich war es soweit. Wir durften uns erheben, die Trauzeugen sich links und rechts neben uns postieren. Ich zupfte nervös Kleid und Strauß zurecht. Noch konnte ich es mir überlegen.

Der Pfarrer räusperte sich feierlich. »Alexander Baum, ich frage Sie, sind Sie hierhergekommen, um nach reiflicher Überlegung und aus freiem Entschluss mit Ihrer Braut Elisabeth Jensen den Bund der Ehe zu schließen?«

»Ja«, sagte Alex, nicht zu laut und nicht zu leise. Tanja in der dritten Reihe von hinten würde es deutlich gehört haben.

»Wollen Sie Ihre Frau lieben und achten, ihr die Treue halten alle Tage ihres Lebens?«

Alex sah mir direkt in die Augen.

»Ja«, sagte er.

Der Pfarrer lächelte leicht. Dann wandte er sich an mich.

»Elisabeth Jensen, ich frage Sie, sind Sie hierhergekommen, um nach reiflicher Überlegung und aus freiem Entschluss mit Ihrem Bräutigam Alexander Baum den Bund der Ehe zu schließen?«

Ich holte tief Luft und zählte in Gedanken die Sekunden, von zwanzig aufwärts. *Einundzwanzig, zweiundzwanzig*, der Pfarrer schaute überrascht von seinen Notizzetteln auf, in Gedanken war er schon beim Schlusssegen gewesen, *dreiundzwanzig, vierundzwanzig*. Alex wandte den Kopf zur Seite und sah mich an, *fünfundzwanzig, sechsundzwanzig*.

»Nein«, rief jemand von hinten.

Alle Köpfe fuhren herum. Auf der Schwelle stand ein Mann, die Nachmittagssonne genau im Rücken. Man konnte sein Gesicht nicht erkennen, nur seine Silhouette, breite Schultern, schmale Hüften, lockiges blondes Haar, das seinen Kopf wie eine Aureole umgab. Er sah aus wie ein Fleisch gewordener Erzengel.

»Tu's nicht«, rief er. »Für den Kerl bist du viel zu schade. Du hast was Besseres verdient.«

Niemand sagte etwas, es war totenstill. Ich wartete noch eine Sekunde.

»Nein«, sagte ich dann zu Alex. Sein Kiefer war heruntergeklappt, die Spitze seiner Zunge hing auf der unteren Zahnreihe wie ein nasser Waschlappen, ansonsten sah er aus wie immer.

»Ich kann es nicht tun. Ich liebe dich nicht mehr«, fügte ich erklärend hinzu.

»Komm«, rief der Erzengel auf der Schwelle, »lass uns gehen!«

Ich schenkte dem Pfarrer ein bedauerndes Lächeln, drehte mich um und schritt leichtfüßig dem blendenden Sonnenlicht entgegen.

»Hier bin ich«, sagte ich und sah, dass der Erzengel menschliche Züge trug, eine kräftige Nase hatte, ein energisch vorstehendes Kinn, dicht bewimperte, schiefergraue Augen. Er war wirklich ein gut aussehender Mann, dieser James Bond von der Unteren Wasserbehörde, das war unbestreitbar.

Seine Hand fühlte sich warm und kräftig an, als er damit meine schweißnasse Linke ergriff und festhielt.

Auf der Schwelle drehte ich mich noch einmal um. Die Gäste saßen auf ihren Plätzen wie versteinert, niemand außer mir hatte sich bewegt. Alle schauten mich an, niemand blickte auf Alex. Auch Tanja nicht, in der drittletzten Reihe. Ihre blauen Augen waren weit aufgerissen. Ich lächelte ihr kameradschaftlich zu, nahm meinen Brautstrauß und warf ihn in einem sanften Bogen über die Köpfe der anderen hinweg in ihren Schoß. Niemals hatte ich einen besseren Wurf gelandet.

»Vielleicht kannst du an meiner Stelle gleich weitermachen, *kleine Wildkatze*«, sagte ich leise. Die Stille trug den Klang meiner Stimme bis in den letzten Winkel. »Nur schade, dass du kein Bauland besitzt.«

Hand in Hand mit James Bond von der Unteren Wasserbehörde schritt ich die Kirchentreppe hinab.

Sein Wagen wartete direkt neben dem blumengeschmückten Oldtimer, aus dem uns der Chauffeur mit offenem Mund begaffte. Es war ein solider, roter Kombi neuesten Baujahrs, sauber geputzt, auf dem Dachgepäckständer war ein Surfbrett festgeschnallt.

»Ich wollte ja ursprünglich am Wochenende nach Holland fahren«, erklärte James Bond, als er mir galant die

Beifahrertür öffnete. »Das war, bevor Sie angerufen haben.«

Ich ließ mich anmutig in den Sitz fallen. »Es tut mir Leid, Ihre Pläne durchkreuzt zu haben.«

James Bond lächelte. Dabei entblößte er eine Reihe schöner weißer Zähne. »Mir nicht«, sagte er, lief leichtfüßig um den Wagen herum und stieg auf der Fahrerseite ein.

»Und jetzt?«

»Nichts wie weg«, sagte ich und blickte über meine Schulter zur Kirche zurück. Immer noch war niemand zu sehen. Niemand, der uns aufhalten wollte.

Während die Kirche im Rückspiegel kleiner und kleiner wurde, überlegte ich, was sich da drinnen wohl abspielen mochte. Sicher verlangte Horst sein Geld zurück, jetzt und auf der Stelle, und Alex war gezwungen, mein merkwürdiges Verhalten zu erklären. Was er nicht sagte, würde Hanna besorgen, denn ich wollte schließlich nicht, dass man Alex bedauerte und mich für ein herzloses Biest hielt. Wenn die Gäste hingegen meine wahren Beweggründe und die Tatsache erfuhren, dass sie um Champagner und Kanapees gebracht worden waren, würden sie sich an Alex und Tanja schadlos halten. Im besten Fall wurden die beiden am nächsten Baum aufgeknüpft. Schade, dass ich nicht dabei sein konnte.

Aber Hanna würde mir hinterher alles haarklein erzählen, und bis es soweit war, musste ich mir eben die Zeit vertreiben.

Mein Blick glitt zärtlich über den Kofferraum hinter mir. James Bond hatte die Sitze ausgebaut, um den Champagner und die ganzen Tabletts mit Kanapees unterzubringen. Das sah ganz nach einem fantastischen Picknick aus. Sonnenschein, Champagner, Luxushäppchen und James Bond an meiner Seite – kann man denn mehr verlangen? Ich betrachtete sein markiges Profil und lachte leise und zufrieden vor mich hin.

»War ich gut?«, wollte er wissen.

»Sie waren einfach umwerfend«, sagte ich.

Er legte sich mit Schwung in die Kurve.

»Du«, sagte er. »Ich finde, wir sollten jetzt wirklich du zueinander sagen. Ich heiße Gabriel.«

Gabriel, wie der Erzengel. Der Name war beinahe schöner als *Josias*. Vielleicht würde ich mein Kind *Gabriel* nennen.

Ich lachte wieder.

»Wo fahren wir jetzt hin, Gabriel?«, fragte ich.

Und er antwortete: »Wohin du willst.«